我不再责怪
那个秋天

蝶语红莲 著

长江出版传媒 ｜ 长江文艺出版社

序一
诗与生活

在辽阔的生活中，我们每个人既是一滴水，又是长江、大海。水滴的渺小若至极小，便会遇见广阔，同样，长江何其辽阔，可是不期然遇见大海，也会消失了踪影。这两种镜像，是有与无、有我与无我之间的关联。若是通不了有我与无我，生活便进入执迷。故而古时道家与佛家都有修行，目的是打通任督二脉，使天人合一，使长江与大海彼此相通。今人薄古，所以此种智慧在慢慢消失。

诗与生活也便如此。诗就是佛道两家修行的那股真气，生活就是整个身体。若是缺少了诗，生活便犹如死去一般。若是诗意充盈生活的周遭，则无所谓得与失、大与小、有与无。

蝶语红莲这位诗人，或者说是生活的修行者，我没见过，也不知其形貌、身份与其他，只知是朋友的朋友。但有一样看见便知其人也，那就是她的诗。

读了她的一些诗，我记住了这首：

偶然的巧合

必须
向偶然的巧合致谢
否则会错过

一季雪莲花的盛开

如果有任何污渍
我会向天空允诺
远去的光阴啊
请原谅我
带着裂开的旧伤归来
一并向
误解的答案道歉

这些年来
一直将木棉视为雪莲
忽略了
红与白的对话
故乡啊
别谴责我的愚钝
我回来
只是短暂的停留
却发现一个
偶然的巧合证明公式
一点都不劳心费神
为自己
曾经困惑的求解过程
而感到轻松和释然

　　我喜欢前两段。有一点风尘，有一点任性，也有一泓难以形容的侠气，或是正在向天空低头的傲气。我知道，那定然是她对生活有所体悟，也定然是尝过岁月的磨砺却仍然痴心不改。

我所见的，是红尘中一个孤独的舞者，一个体悟天道而有所得的自语者，一个前世未明今世仍在奋力摆脱无明的修行者。

这本身就是一束诗歌。

至于那生活，不过是她舞蹈的光影，或休憩的住所。所以，她没有向这世俗争一份诗人的荣耀。所以，她的诗不能以当世诗歌的世俗法则来评判。

我欣赏这种诗歌的写作精神。

是为序。

徐兆寿

2018 年元宵节夜于兰州草就

（徐兆寿，复旦大学文学博士，著名作家，西北师范大学传媒学院院长、教授、博导，《当代文艺评论》主编，甘肃省当代文学研究会会长，中国当代文学研究会常务理事。）

序二
蝶语红莲：用诗歌与生活对话的舞者

两个同舟共济的人，一个波浪可以让他们各奔东西；而两朵漂泊的云，却可以融为一滴水一起飘向大地。她从小就有一个美丽的文学梦，但阴差阳错，大学读了工业与民用建筑专业，毕业后做了一名建筑设计师。这是一份既十分辛苦又需要严谨对待的工作，日复一日地画图纸、做计算。在生命的折返点，在河流的拐弯处，她再次遇见了诗歌，开始重温久违的诗歌梦。这一回归，每天都像小河流水哗啦啦流淌出清新的诗篇。

她是活在精神世界的人。当她在千里之外的海滨小城生活时，每天例行的就是白天看大海，晚上在孤灯下写诗歌。面对大海，她可以在波涛声中自顾自地舞蹈；在沙滩上、在白茫茫的雪地里写下爱的箴言。尽管人到中年，她仍然存有一颗少女之心，对生活仍然带有玫瑰色的梦想，每天都做着自己喜欢的事情，像孩童一样对生活保持着初心，所以才能够写出纯粹的诗歌。不喜欢美食，不喜欢华服，却喜欢走在大自然中，看日出日落，留下美丽的倩影，然后在孤灯下酝酿出岁月的诗篇。每天她做着浸润心灵的事情，过着简单的生活，因此，身体依然犹如心灵一样年轻美丽。

每一个她走过的地方都留下了她美好的记忆。故乡的穆棱河、美丽的珠江水、东海之滨的绿岛湖、黄土地的荞麦花、黄姚古镇的古老时光……诗歌成为她的生活日记。其中感人至深的是她对父亲永恒的思念，在《我不再责怪那个秋天》和《父亲的季节》《怀念父亲》《秋逝》中，这份思念得到深沉的表达："我不敢/看见金黄的秋叶/害怕他们燃起的火焰/把我刺穿/一种彻骨的疼痛。"

她的诗歌中出现最多的词是"爱"和"酒"，爱是她的灵魂与生命，她讨厌酒，因为成长的历程中留下了灰暗的记忆，偏偏她深爱的人却酷爱饮酒。因此，酒也成了她的心结："我想成为品酒的人/我便失去了酒/我想成为一名酒鬼/我便失去了我自己"；她在《胡思乱想》中写道："喜欢/一个人拥有/没有梦的午后/独坐阳台/一杯香茶/一曲音乐/想远方的人/举着红色美酒/在山谷里飘来荡去/还是也如我/享受这静寂的时光"；在《空杯》中写道："不要在我的杯中/饮了我的酒/即使你把它倒入我的杯盏/我反而更想躲进深山/因为我不愿意献出我的空杯/怕你忘了/举着空杯的人/一直站在黑暗里。"她成了一个不会喝酒，却善于写酒的人。

"还是送你片片雪花吧，只是因为在这样一个漫长的冬季，我只有雪花可以相送"，希望曾经爱过的人们还可以保留真挚的友谊，如雪花一样纯洁晶莹。这种飘逸灵动和浪漫的情怀随处可见，她在《与大海干杯》中写道："干杯/只有我和海/共饮这月下的清辉。"把月亮的清辉想象成琼浆玉液，邀大海一起共饮，这是何等的浪漫情怀。看见美丽的风景，也滋生出对美好生活的祝福；在《绿岛湖的祈求》中写道："我祈求/湖面的轻舟/舟上的人/岁月静好。"除了对大自然的讴歌，对亲人的怀念，对爱和友谊的渴望，她的诗篇中也融入了对生活和生命的哲思，如《偶然的巧合》《没有落日的地方》《灵魂》《欲望》《灵魂的翅膀》等。

梁漱溟先生认为，人的一生要处理好三种关系：一是和物的关系，解决生存的问题；二是和周围环境的关系，拥有温暖的亲情与和谐的人际关系；三是和自己的关系，找到内心的平静。她现在每天不仅用诗歌记录生活，也是用这种自我对话的方式，安顿了灵魂，找到了自己内心的宁静。当我可以离开喧嚣浮华的时候，一定也会做一些滋润心灵的事情，回归本真的自我。

张兴贵

2018.1.18 于广州

（张兴贵，中国心理学博士，教授，广东省人才开发与管理研究会监事长。）

目　录

辑二　秋逝　我不再责怪那个秋天

辑三　雪中行　送你片片雪花

辑一 梦幻

你不是我的

黑夜，有雨的沙面街

阳光慵懒地洒着它的光芒
听不到鸟鸣，看不见花开
鱼群也悄悄地潜入水底
没有了黑暗遮挡的火红心房
映衬着失血的脉搏

滴滴答答
咖啡的浓香在指缝间流淌
兜兜转转
美人鱼的裙摆在雨中飘摇
捕鱼者抛出的陈网
正拼尽全力地打捞往事

斑驳陆离下的刀光剑影
肆无忌惮地搜刮着光明
我的眼里，只有一片漆黑的夜
还有那肺腑里充盈的烟草

原来，夜晚是雨的一部分
而我，是行走在沙面街上的雨中旅人

2016. 9. 4

海的魔鱼

五月的海，
波浪似残冰。
魔鱼也无始无终，
只有关于海的故事。
久远的岩浆可以宿醉，
海底喷出的冷流，
也酿成了琼浆美酒。
这所有生长中的事物，
拂去春天的尘埃，
让夏天的魔鱼花，
一触即开！

在海里，
所有的日子都在海里。
幽幽的眼睛，
闪闪发亮。
那是穷苦的渔夫，
为其点燃的两盏明灯。
欢快的鱼儿，
浮在魔的脊背，
向善良的渔夫祈祷，
抓住那海的远方！

穷苦善良的渔夫，
只是沉默把盏。
憨厚的魔啊，
你只是月亮的假光芒！
可爱的鱼儿，
你深爱的魔，只是一片
被折断的月光！

鱼儿啊，
今天什么都不说，
让别人去说吧。
我要告别了，
告别以后没有海的日子！
魔的血液，
流淌的是荒漠！
不是鱼儿，
你赖以生存的海！

2016. 9. 9

我的样子

伤口流着血
一滴滴
流血的伤口很美
美得让你，心疼
你爱我
疼的样子

血很红
红得似火烧云
映照阳台和椅子
我被血，红了
你笑我
红的样子

风儿轻拂
掠过长发的手
滑落一地秋
我在秋里，老去
你疼我
老的样子

2016. 9. 5

草原忧伤

呼伦贝尔
盛夏的阳光
将这世上全部的绿色
揉进了草原
那些关于夏天
疯狂生长的思念
一如马头琴声般悠远绵长
缤纷的音符落在地上
开出了漫山遍野的花儿

扑面的盛夏
点燃枯萎的激情满怀
丰盈的金秋
却令一切戛然而止
紧闭双眼，清泪两行
我看到了
海一样的壮阔忧伤

2016. 9. 23

海的诗歌

我哭了
你丢弃了一切
我的面前
只有海的诗歌
在天空里回放

我挣脱
你的兴风作浪
在黑暗的尽头
用双手
推开你的柔波

我看见
升腾的火焰
有我的面容
在黎明的风中
染成一抹鲜红

2016. 9. 11

栈桥剪影

又坐在海滩的栈桥上看你
小船是从北冰洋漂来
挟着黑色的云
裹着冰冷的风
它们毫不吝啬
吹散了黄昏的斜阳
拉下天空的帷幕
留给栈桥
没有光芒的河床
唯一指向你

背对栈桥，脚踩海浪
你没有走向我
心甘情愿，站成了
一道自以为是的风景
没有霞光万丈
我知道，你已经站成了永恒

2016. 9. 20

最后一夜

一个人寂静
无绪地坐在窗前
喝着杯子里的清茶
看着没有茶的空杯
叹着伤感的感伤
念着没有依托的欢颜
种种过往，如流萤般萦绕
就这样，等着你
北方的城市中央
我们的最后一夜

窗外的黑不知何时
像一块巨大的厚黑布
以迅雷不及掩耳之势
无情地
盖住了偌大的北方天空
遮住了我们的情义小屋
也封住了
我们狂野躁动的心

高浓度的醇香烈酒
活络了缜密的思维意识

你把纠结的一切
表达得那么深邃而完美
把我醉在梦里，一塌糊涂
封缄嘴唇的烟草气息
不知不觉弥漫了小屋
刺激着受伤的肺腑
心疼
你的枯发，你的额纹
足够填满孤夜的留白

漫步开满夏花的五月
走过神秘而又恐惧的七月
却没能
熬过可以收获的九月
烟草的迷雾，酒香的沉醉
窒息了小屋最后一夜
黑夜终究又回到黑夜
永恒依旧是那个永恒
我们还是曾经的我们
没有带走一丝夏的火热
却不约而同埋葬了
初秋的那片
透彻心扉的薄凉

2016. 9. 20

被关注的人

每一次筵席
他们都推杯换盏
任我随意行走，歌唱
那么肯定，都是微笑
仿佛我怎么做都是对的

筵席散尽，我才有机会
躲在寂静的角落
看属于天空和大地的热闹
在这样的一个夜晚
我做什么都是错的
仿佛一个流浪的孩子

你在月光下，安静地
举着酒杯向我走来
邀约共饮，这杯朦胧的月色
宣告，筵席开始与结束的时间
刚刚好，不早不迟，无对无错
而我在筵席上，却从未见过
你给我的微笑和关注

2016. 10. 12

海的凝泪

我的双手可以擎起苍穹
我的身体可以跨越隐藏的暗礁
我的血液足够流淌高涨的潮汐
我的眼睛只为与你凝望

你从薄雾的凝聚中缓缓走来
我不必敞开温凉的胸怀
只用我浪花的额头
轻吻你的双唇，便已确认
你就是我前世
流下的一滴晶莹的泪
你那淡淡咸涩的体香
足够温润我一生的苍凉

我知道，你会担心
在这秋雨平分的白昼和黑夜
我的血管随时会喷涌
火一般的潮汐，被海啸折断
但是，我灵魂的呼吸会证明
光明与黑暗一样的忠诚

请相信我的眼睛

允许我的视线拴住你的双足
即使世界被掠去所有的记忆
你依然可以找到回家的路

我会用
我的宽阔坚硬和傲慢
承载你流动柔和的生命
即使海陆变迁，陆地换位
彼此凝泪成珀
我们也是同一块原石

2016. 10. 10

血壤之花

生命啊，你的绿色
或者，你异化为
怎样妩媚的大写
我，是曾经的猛士
在我倒下的瞬间
我把血液洒向大地
血液初时的鲜红，
染尽火红的黄昏
那是我不屈的高歌

高歌啊，曾经的猛士
森林为之隐忍
即使血液汩汩流淌
呻吟到最后一刻
不屈的猛士，宁愿
血融入深深的土壤
绽放成火红的木棉
站在你必经的路旁

2016. 11. 26

蚊子

今晨，睁不开眼睛
昨晚，已彻夜未眠
额头被蚊子挂满了风铃
身体也被它残忍的涂抹

那样的夜里，
疯狂，攻击，哀鸣
肮脏的双脚
粘住我的唇，
糊住我的眼
无奈，挣脱，反击，
痛的却是我的身体

在夜里挥洒狼性
星星看不清它的狰狞，
精心化过妆，
整过容
依旧
改变不了它嗜血的本性

昨夜的猖狂，
让我惧怕今夜的来临

一次次幻想，
淹没他，
但是，却不能
只好在白昼，
去拥抱如火的骄阳
尽管我的胴体
被太阳烧得很疼……

2016. 10. 13

谎言和芦苇

谎言
像极了
爱慕虚荣的芦苇
摇晃着空壳
多穗的花须
高高地抬着头
悲悯、嘲笑
把弱小
暴露在它的天空卜

当谎言破碎了
它的诚实
便跌落于尘埃
它的嘴巴
也归于沉寂
它的光辉
也就此灭于人间
谎言
总是颠疲最弱的心灵
犹如
狂风吹过一角的荒芜

它们

一起炫耀一起合奏

再怎么听

也不是歌曲

倒像是

哀鸣的乌啼

为自己唱响了悲歌

2016. 12. 9

以后的以后

以后的以后，在耳边
情深缘浅地吟唱
冥冥中，预约的一场游戏
彼此，以最优雅的姿势结束
残留的那枝红玫瑰
还散发着初始的芬芳
夹杂着太多的苦涩和甜蜜

格桑花喜悦地住进春天
又万般不舍
纠结着逃离秋天
纤枝落叶铺满大地
长出一叶叶新的扁舟
载着彼此放空的手
驶向下一个精彩的渡口
从此，以后的以后
只能饮尽每一滴诗意
在余生里
彼此默默地问候

2016. 11. 17

向那些来过的人和黑夜表达谢意

那些经常来她家的人
都是趁着
花环沐浴白昼光芒的时候
才来按响她的门铃
她上前端详那些人的面孔
左看右看，也看不清
眼前只有摇摆的花环
和迷梦一样的黑夜

那些人
在黑夜到来的时候
早就四处逃逸
可怜的门铃
只剩下夜风一个老朋友
黑夜再一次劫夺了她
拖曳着她的秀美长发
摘下她身上漂亮的首饰
藏起了天空所有的星辰
还是不肯罢休
不允许她闭上眼睛
安然入睡

她把疲惫和困顿
塞进柔软的大床
试着清除那些
白昼里来过的人
她珍藏的那盆普通花卉
织就的花环还在窗台上
散发着淡淡的幽香
她清秀的面庞
早已泪流满面
念珠转了一圈，又一圈
最终，还是灵魂用她
千年异彩的风姿
驱散了重重的迷雾
一并向
那些来过的人
和黑夜表达了谢意

2018. 2. 25

你不是我的

你不是我的
不会因为你的离去
而丢魂落魄，更不会迷失
尽管我像一只孤飞的蝶
面对沧海，无力飞越

你若真的爱过我
感谢！一场美丽的相遇
你若只是陪我演了一场戏
感谢！让我破茧化蝶

可是，一直以来
我处于重度昏迷状态
仿佛白昼里的一束强光
把我迅速击倒，迷迷糊糊
被搁置在戏台的角落

这样的结局真好
一场精心策划的哑剧
终于落下帷幕

面对沧海，唯心感受

即使
风烛残年，耳聋目盲
亦是
无怨无悔，痴情不改
终究会遇到，默默地
用灵魂爱我的人

2016. 10. 8

辑二

秋逝

我不再责怪那个秋天

秋光冷色空画屏

红萝清袖舞寒冰

悬廊夜色凉如亭

坐看苍穹忆流星

纪念父亲远行二周年

2016 年 10 月 16 日（阴历九月十六日）

秋逝

时间隔空卷起的尘土
裹住了我的身体
一个永恒的黑色十月
一个落日的早晨
在秋风的哭泣里死去

未曾告别，也来不及拥抱
甚至从未说过一句我爱你
一生忠诚厚爱的父亲
揽着一怀绝望的空气
被晨起的秋风无情地吹走
父亲的眼里，满是泪水和不舍

我成了空心的木头
寸断肝肠，隔着天涯
死死拉着父亲的手
仿佛捏住希望的火种
我向万能的苍天哭喊
你们，你们都去了哪里
我被这个秋天种在了风里

眺望北方的山冈

一个触摸不到的远方
日落大地，草木成黑
一个世纪，却是
隔了七百多个日夜
我的灯盏该举向哪里
父亲才可以看到归家的路

怀念父亲

我不敢
看见金黄的秋叶
害怕
它们燃起的火焰
把我刺穿
一种彻骨的疼痛

我站在风中
听风演奏一首首怀念
用手指
梳着青草和树叶
有一种延续
不是手指轻易弹出
而是比骨头更深入
有一种遗传
谁也不能复制
融于血液

我希望
青草总是绿色
秋叶不是黄色
您离去的十月

天空不再下雨
我希望
白桦树总是待在辽远的十月
它们会长得很高
最高的那一棵
一定会
眺望到远方的我

2017. 3. 30

我不再责怪那个秋天

爱的记忆，永不消逝

迪士尼的寻梦环游记
让我不再哭泣和忧伤
只要
我永远珍藏您爱的记忆
我们就能永远在一起
无论曾经，现在和未来
爱都永不消逝
永不消逝

迪士尼的寻梦环游记
让我不再害怕生离死别
死，不再是消亡的替代
而是生的一部分延续
只要
我永远珍藏您爱的记忆
无论曾经，现在和未来
爱都永不消逝
永不消逝

虽然来不及说告别
您就真的离我远去，远去
我的眼泪不会再坠落

因为您已经住在了
我心底，我心底
只要
我永远珍藏您爱的记忆
无论曾经，现在和未来
不停地爱着，爱着
爱就永不消逝
永不消逝
您就能在另一个万家灯火
和歌舞升平的世界里
找到回家的路

2017. 12. 11

五月的鸢尾花

五月，鸢尾花开的季节
正是众神与凡间
爱的使者彩虹女神
降临天地间的五月

这些爱的使者
幻化为翩飞的彩蝶
轻舞在绿叶山水之间
当我凝视它们的时候
淹没了之前所有的陌生与神秘
它们本属于众生
今天却成了我的信使
它们将把我五月的思念
携回遥远的天国

亲爱的爸爸
假如我变成了一朵鸢尾花
在新生的绿叶上跳舞
您还会认识我吗
我保证，不会再惹您生气
乖乖地站在角落
悄悄地开放我的花朵

看着您，在古老的图板上
勾勒您的工程
当您嗅到鸢尾花的香气
却不会知道
这香气是从女儿身上传来
当您午睡小憩的时候
我便会投射我小小的影子
映衬您慈祥的面庞
您不会猜到
这是女儿温暖的影子
爸爸，我还要带一支有魔力的笔
给您继续书写
您未来得及问世的自传人生

亲爱的爸爸
请记住，清寂的黎明中
角落里的那朵鸢尾花
会为您一直盛开
孤独的夜里，它会成为您梦的羽翼

亲爱的爸爸
虽然我们的生命被分开
但我们的爱永在

2018. 4. 13 保利

昨夜，您飘然而至

我的梦
充满未知的语言
真真切切
您乘着金辇
只身前来
停在我的窗口
我大声喊您
您就端坐在那里
不言不语

黑夜沉睡，灯光摇曳
我挣扎了许多次
告诉自己，快点起来
把跌落在尘世的忧郁
全部抛掉
把尘世最美的花朵
种在
杳无人烟的天国香径

当我挣脱了黑夜的梦幻
醒来，您已经走远
我怅然地目送您飘渺的背影

我知道

日后，与您重逢

已经再也没有机会

昨夜，尘世的新年

您飘然而至

女儿在这里

为天堂的父亲祈福

一切安好！

永生喜乐！

2018. 2. 17

一座城

一座城
异国他乡
关于这座城
我从来不愿提起
纵然有十年的光景
但我知道的还是太少
更闻不到
茶，酒，爱的味道
只晓得
这里有很多人
梦里的珠宝
时不时
被黑海的龙卷风卷走
还要
万般隐忍，前赴后继
在泪水，汗水和恐惧中泅渡

一座城
芸芸众生
关于这座城
我从来不愿提起
因为没有人认识我

只有四季的风知道
我和诗歌
一起在这里落寞，埋葬
这里有很多人，疲于奔命
攥紧一串串波罗的海
与琥珀黏结的铜钱
日后
回到梦魂牵绕的家园
换取
一星一点的万家灯火
以享天伦之乐

一座城
爱的记忆
关于这座城
我从来不愿提起
您只是短暂地在这里停留
便再也没能忘记
即使在病床上
还喃喃自语
念着这座城的名字
其实我知道
您是想用您的语言
把冬夜里的雪花
翻译成跳动的火焰
为我们一路取暖
并不是

真的喜欢这座城

只因为

这里有爱

我们在这里

2018. 2. 23

我不再责怪那个秋天

我不再责怪
那个秋天把您带走
如今
它载着三载的忧伤
再次出现
我看见
一片片金色的柞叶
飘在深秋的薄雾里
映衬出您熟悉的身影
我静静地
站在林边树后
不敢走近您
怕惊扰了您的步履
可还是太近了
以至于
我无法看清您的模样
您的容颜是否
还和照片一样
没有随着时光一起苍老
数着
从发间梳下的一片片回忆
滚烫的泪滴

早已
冰冷了一段遥远的距离

我不再责怪
那个秋天的风沙沙作响
它已经摇动
枝丫上所有的思念
我看见
那片如雪的白桦林
已经升起于蔚蓝的天空
它们太高了
以至于
遮挡了我们的视线
让我无法面对重逢的喜悦
我静静地
折下一段狭长的秋光
站在山脊上眺望
恒河潺潺，山峰独秀
还有
相同的太阳星辰和村庄
一如从前
您活着的样子

我祈祷
如果
真的有天堂
就不会错过

您离别时
那一季花开的静美
如果
天堂也有金色的秋天
我相信
一定是那个
给您祥和与安宁的秋天

2017. 11. 4

我不再责怪那个秋天

辑三　雪中行　送你片片雪花

雪中行

来吧
从遥远的南国
飞向
有我的北国小城
我们一起漫步
在白色的雪中
听雪花轻歌
看雪花漫舞
细诉长久以来
彼此
牵挂的衷肠
那雪花飞舞的路上
洒满了
我们银色的梦想

雪地上
我们紧紧地相拥
仿佛童话世界里
只有我和你
我可以感受你
臂膀的温暖和力量
我们

举杯共饮这白色美酒
品尝
它的纯度和神奇的魅力
我们
醉在这飘雪的小城

就这样
我们一直走在雪中
共同
温暖着体味着冬的圣洁
我们许下承诺
饮尽每一片雪花
因为
因为春天
就要来了

2016. 11. 28

海上花

北国的海滨小城
在深秋里妖娆
壮观的海的舞台
在夜色中，听得见
只有浪花的掌声
不知疲倦
思想的灵感和音节
在这一刻凝固
忧伤的能量
在海的中央蔓延
脚下的舞台
没有鲜花和掌声
看得见海的地平线
从黑暗中升起

海风迎面吹来
从遥远的金城
刮到东海之滨
刺穿
孤独的海的舞台
携着一簇簇
清新的牡丹

在海的中央铺开
紫红色的花瓣
半绽的花蕾
如透明的雨般纯净
天上的那轮明月
还有高贵的花枝
全部停在我的身边
贪婪地收集着
花的光，月的影
珍藏在我的身体里
将会一直活跃着
友情的阳光遍地温暖
爱的星辰永远闪亮

绿岛湖的祈求

我祈求
绿岛湖上的碎光芒
云中嬉戏的太阳
不要隐去，那么快

我祈求
湖面的轻舟
舟上的人
可以岁月静好
安之若素

我祈求
一湖纤绿
可以摇曳出爱的清莲
一座烟柳画桥
可以拂去旧时的墨染

我祈求
西伯利亚飞来的天鹅
与湖光山色共舞
栖息在这里，相亲相爱
永不分离

我祈求
湖边的自在澜湾
可以拥有
长久的祥和与宁静
不会被喧嚣浮华浸染

我祈求
繁华落尽的一抹遐思
可以开出淡雅的心花
静守这
一湖温暖的流年

2016. 9. 30

帆板

远远近近，高高低低
帆船的灵动跳跃
在海面泛起无痕的水花
水花很重
压住了帆板的美

是小巧玲珑的板
牵绊了帆
还是帆的多情
自顾留恋风的缠绵

上上下下，左左右右
久久地看着，看不到
帆船的惊险和神秘
倒是温润了孤独的海
风儿，被偷走

请求
风儿快快回来
刮走久远的尘埃落雨
带上帆板
一路漂流远行

2016. 10. 2

明月·灯塔

青涩的灯塔
没有一丝光芒
瘦弱踉跄，站立在
远离故乡的远方
偶尔的一声秀气雀语
唤醒
夜空的那一轮明月

四季的黑夜
总是与陌生人站在一起
抛撒黑色的天文数字
把白天也醉成了黑夜
只有月光
调动它的光影
照亮着封住门窗的灯塔

旋转的日子，飞跃着
系住那片片的白桦
滑过西伯利亚的寒风
没有太阳月亮照耀
浸透极夜和极昼的光芒
一腔热血

染红一颗年轻的心
踌躇的微光
铺满红色大地

穿过掌心，穿过风华
各色花朵，在海的光影下怒放
未曾遇见的光明灯塔
自然的激动与月光重逢
听草原的卓玛
如何召唤月光回家
看陌生人
如何在灯塔下起舞
不必问
海的颜色是绿还是蓝
唯愿
明月与灯塔同辉！

2016. 12. 11

蓝色的恋人

愿你一直铭记
我们邂逅的那一日
天空挂着耀眼的太阳
映照你
明与暗的蓝色光泽
那浪花迸发的热情
让我笃定了你的豁达
尽管我们素未谋面
也无任何关联的承诺

如果不是因为太阳
我会把你
当作蓝色绸缎的夜晚
拥有甜蜜无梦的睡眠
如果不是浪花在歌唱
我会把你
当作沉默的蓝色恋人
光明而又遥远

行走在温和的光彩中
我们
没有魅惑后的蓝色暗影

也没有黑暗深处的探索
你从未
给我苦涩的梦带来苦楚
而是把一种安宁和澎湃
注入我的身躯，久久地流淌

我竭尽全力给你
我诗行中
蕴含的一切悟力
还有我生命意义的诠释
生着翅膀的时光啊
还是要我远走去天涯
抱紧我吧，蓝色的恋人
你真实地，惊人地存在
你宽容地，持久地等待
我一定会给你
从未有过任何信仰的忠诚

愿你一直铭记
我们相遇的那一日
珍重吧，我的蓝色恋人
我们只是暂时的别离
等着我，我一定会回来
哪怕，哪怕
翻山越岭，行千里万里

2016. 12. 15

眼睛是一片海

眼睛是一片海
没有片刻的宁静
海是一颗颗的心
听得见潮涌的澎湃
聆听着晨曦的钟鼓
驶入了梦想的港湾

想悄悄地靠近你
却又如此地羞涩
点点星辰的帆影
被牵扯着
向岸边移动
记忆中的海岸线
再一次
滚动起了年轮
谁先转身
谁望着的是背影
只能
在梦境在心中

2015. 12. 5

沉默的沙

忽略你的时候
我不多想
也不叹息
只是今天看到
汹涌的海浪
任性地把你卷入大海
又随意
把你抛向岸边
我的心开始悲愤
为什么你只是沉默
沉默地接受
它们的肆意妄为
不逃离也不争辩
默默地挺起
守望
蓝色海岸的金色脊梁

2016. 12. 7

我的太阳

冬季
北方的海滨小城
黄昏早早地降临
渔民乘着日暮之舟
载着收获的喜悦
向晚霞中的微光渡去
我的太阳啊
此刻你沉落在哪里
那绵长的海岸线
只听得见浪花拍岸
在不倦地吟唱着
潮起潮落的心事

海风轻拂，犹如
一束束绽蕾的夜来香
编织的簇簇花环
热情欢快地邀请我
走进浪漫的夜晚
我的太阳啊
此刻你沉落在哪里
夜来香吐露的浓郁芬芳
也不能阻止

你停留的脚步

我带着些许疲惫
渐渐地看不清前面的路
只有海岸的远方
依稀闪耀着光芒
难道晨光的出现
也会是这样遥远
我的太阳啊
此刻你沉落在哪里
当你还没有完全隐退的时候
便谱好了黄昏之曲
你一定也会把黎明之歌
在每一个清晨
如约而至地奏响

2016. 11. 30

海沙

我
在海滩上行走
花草树木
从葱绿渐渐枯黄
岸边的灯塔
独守着
渐变的光影
照亮喧哗和宁静
春暖花开
孕育熙熙攘攘
深秋寂寥
渲染一季寒凉

回头望去
一地碎片
走过的脚印
被岁月的潮汐抹去
只有海和沙
依旧本色
永远存在
与海沙相恋
成为

湛蓝海水的一泓
融进
我无底的渴望
听风儿送来
一支绝美的歌

2016. 11. 2

灵魂的翅膀

我闭眼
听海浪的潮汐
期待着
你的声音呼唤我
我睁眼
瞭望海的远方
想象
远方会有大山还是海角
渴望
精美雕刻的海天一色
簇拥着
陷入茫然的异彩
张开双臂
幻化成灵魂飞鸟
试着飞往海的尽头

飞往之前
灵魂的翅膀
瘦弱而苍白
你的独具慧眼产生的奇迹
让灵魂在迷茫中觉醒
你不懈思想的雏形状态

一直在兑现

赠予我灵魂的翅膀

一种无形的力量

迫使灵魂，心甘情愿

献出持久的忠诚

给予一双

浪漫有力的翅膀

飞向那海的尽头

远方的远方

再一次

迸发出新的生命光辉

2016. 11. 3

小狗

我喜欢
看它摇着尾巴
在海滩一路觅食的样子
看它舔着海沙
突然间停下来
睁着大大的眼睛
目不转睛地对视
随后又一路狂奔
奔向遥远的天际

我不敢
长久地凝视它的双眼
因为
里面有眯缝、渴望和忠诚
害怕某一天
它遇到的那一桩悲伤
给我带来久远的伤痛

我想尝试
模仿一把精准的猎枪
假如有人阻隔
它与我亲近的目光

便扣动扳机
盯住他们的眼睛
释放心底的鄙视
获得
一种彻骨的舒坦

2017. 5. 18

我会产生幻觉

不知不觉
暮色
从熟悉的海里
陌生的树林里升起
用我听不懂的语言交流
忽远忽近的人影树影
在此刻变得神秘
用力眨眨眼睛
居然有熟悉的影子
海里曾经发生的故事
还有
人们口舌相传的情节
以最快的方式回放

恐惧被分解成若干
领悟的幽暗
占据曾经的浪漫
难道
我的故事在四处散逸
从遥远的异国到小城
请不要靠近我
会把我染成忧伤

满世界的游荡

巡逻的海警把我唤醒
已见
遍地的灯光在缓缓滴落
海水依旧拍岸
喋喋不休的低语
驻足
灰暗的人行道上
我成了一片冬雪
洁白
不载着一丝尘埃
在散发着光芒的海波里
找到了
自己的充实和圆满

2016. 11. 22

辑三 雪中行 送你片片雪花

067

与大海干杯

每天
徜徉在海的怀里
听她讲久远的清澈
如何在浑浊中永生
看她曼妙的舞姿
如何在狂风里不朽
偶尔
喜欢她的兴风作浪
即便是太平洋的多情温床
也诱惑不了
她的柔软胸波

不舍，拥揽入怀
抚摸她炽热
冰清玉洁的心房
燃烧，血脉为酒
干杯，只有我和海
共饮，这月下的清辉

2016. 10. 4

雪堡

清晨
睁开眼睛，望向窗外
大片的雪花在空中飞舞
伴着唯有床单的清香
落到
梦幻与现实的布帛上
让有记忆的人开始
散落串串静谧和忧伤
失忆的人记性恍惚
对于
那些过往的流言蜚语
只是略知底细
讲述得也很荒诞
无人能够知晓
也无人愿意去打探

不曾觉察，也不曾诧异
一座座矗立的楼宇
被白丝绒般的雪花覆盖
宛如童话世界里的雪堡
没有人惊动
也没有人打扰

尽显初凝的晶莹剔透
大自然赐予的一方圣池
悄无声息地洗涤了
无数心灵的遗痕和丑陋
并试着将其卓尔忘怀

不知不觉，已是深夜
大片的雪花还在飞舞
像传奇的故事
不忍心马上就有结局
坐在温暖的小屋
等待的喜悦
守望的奇景
从四面八方涌来
恰似旧年冬季
建筑师亲手造的雪堡
正在向我招手致意

2016. 12. 17

送你片片雪花

还是
送你片片雪花吧
只是因为
在这样一个漫长的冬季
我只有雪花可以相送
但是我不敢确定
你是否还愿意接受
雾霾天空下
它们坚守的冰清玉洁

送你片片雪花
只是因为
一低头，它们满地都是
一抬头，它们漫天飞舞
再也没有
任何其他的含义

如果你还愿意接受
请将它们
放入透明的玻璃杯
看着它们温润
如何化为

满杯的相思雨

待到下一个轮回

再把它们放回

不再漫长的冬季

2016. 11. 29

辑四　酒　爱上黑夜

酒

我
想成为品酒的人
我便失去了酒
我
想成为一名酒鬼
我便失去了我自己
我
想成为与酒无缘的人
一切又如期而至

我
仿佛一个任性的孩子
渴望
饮尽酒中红色的泪滴
留下杯杯纯净
洒向大地，抛向天空

我相信
一切是希望的种子
经过埋藏和孕育
一定会
溢出绝美的酒香

我希望
装满酒香的杯子里
点缀几滴生活的色彩
勾勒出故事的轮廓
进而演绎
关于酒和杯的幸福

2017. 1. 13 晚

我不再责怪那个秋天

学会做梦的人

一个将要蒸发的地球
风，全都长成了热风
一缕缕飘渺的云
也开始黯然失色
变得透明起来
多么希望
太阳在午后
便收起它的光芒
早早地沉落
火热的盛夏
让人们无处逃避

也许，热度还不够燃烧成火焰
有人高举着酒杯
衣服被卷成了碎布
迈着不倒翁的步伐
讲述着、倾听着英雄的故事
有人咬着一支笔
嗅着被热浪浸泡过的酒
企图挡住它们的路
最终
还是躲到了床上

美美地做了一个梦
第二天，早上醒来
模糊而又神清气爽

2017. 7. 31 晚

我不再责怪那个秋天

初心音箱

小小的初心音箱
可以掌控
春天在车里驰骋
蒸馏掉
冬季的冰封残雪
迷恋上
春天的鸟语花香
迁徙出
夏天红色的火种
只是
春天里美妙的音乐
不再用
烈酒去深情点染

初心音箱
能展示的爱与回归
不只是
行驶在春天的车里
一根根柔顺细丝
编织成银色的梦想
借着昏黄的灯光
慢慢清醒

席卷暮年的烈酒

我们
乘车走的时候
我
只要一朵我的花
你
要一盏你的空杯
带上珍藏的初心
奔赴来世
我们
今生相遇的路口
确切地
相认相知相爱
不再怯生生地试探
来生
将更有意义

2017. 4. 5

我

我不会感到懊恼
因为
我看得见你给予的爱
深沉而又自我

我不会感到高兴
因为
我不是美食家
供给不了你需要的美食
也酿不出你喜欢的美酒

我不会感到悲伤
因为
我把眼泪藏到我的花里
它们在你的空瓶里盛开
你没有想到，为你
几乎远离了太阳

我不会感到骄傲
因为
一个天下黄土第一原
包含着黄土丘陵和沟壑

我把我的丝巾系好
关好我的房门
歌唱着……

2017. 4. 3

我不再责怪那个秋天

让我做你的诗人

你不会想到
我会把你珍藏在酒里
满含疑惑的心灵
悄悄潜入没有灯火的庭院
借着星光骤然发现
那鲜花酿成的美酒
你这黑暗的使者啊
迸发出愉悦的赞歌
让我做你的诗人吧
一个不会喝酒
却能写酒的人

你在我的庭院
已经坐了很久
只是无言地豪饮
缠绵的心弦
弹出忧伤的曲子·
你这静默的使者啊
快快醒来吧
请把这美酒
也注满我空空的杯盏
用一曲海韵的轻歌

搅动这沉寂已久的世界
让我做你的诗人吧
一个不会喝酒
却愿意陪你酿酒的人

我坚忍地站在庭院里
终于等到执灯的人
共同品尝美酒
酿制背后的欢乐和苦痛
我数着念珠轻轻地祷告
你这光明的使者啊
拉住我的手吧
把我也珍藏在酒里
那里没有黑暗的角落
也找不到破碎的记忆
该收住我的笔了
我们一起沉入深深的酒里
让我做你的诗人吧
一个不会喝酒
却把你珍藏在酒里的人

2017. 3. 15

空杯

不要在我的杯中
饮了我的酒
即使你把它倒入我的杯盏
我反而更想躲进深山
因为
我不愿意献出我的空杯
怕你忘了
举着空杯的人
一直站在黑暗里

激荡的泡沫
抛掷出层层的花朵
被无尽的喜悦染红
我试图轻轻地步入
这场热闹的酒会
那些开放的花朵
却在悄悄地凋谢
被时光褪色的花瓣
叹息的空杯里
跳出一个太阳
举着空杯的人
还一直站在黑暗里

你举着一盏燃亮的灯
从喧哗中走来
在我耳边低语
空杯给我，那里面
有你影子投射的美
望着摇曳的太阳
听见忧郁的心
在一点点下沉
隐藏在杯底的泪光
熠熠闪烁
微笑的太阳
正默默地向我致意

2017.3.11

项链

爱人
不要把我的泪滴
编织成晶莹的珠串
挂到我的颈项
白昼将尽
我匆忙赶来
踏着夕阳的余晖
轻轻敲开
小镇挂满玉兰花的大门
唯恐来不及吟诗作赋
幸好，时间还有余裕

爱人
不要把色彩各异
浓郁芬芳的酒
不断斟满
我颈项的珠串
它的芳香
迷醉了我的世界
它的幻想
把光亮燃烧成灰烬
束缚蜿蜒的血脉

表象取悦了你
本质最终伤害了你

爱人
不要把从树上摘下的酸杏
染成五彩斑斓的珠串
深情地挂到我的颈项
透过我的心灵
领略它的神奇
用我的嘴巴
吞噬它的苦涩
站在我的耳朵上
静听它的和谐音调
我偷偷地躲在角落
遮住流泪的眼睛

爱人
不要把一颗颗念珠
系成青春不老的珠串
疼爱地挂到我的颈项
暗淡的清光里
没有收获新鲜娇艳的花朵
不是谁的错
我把梦幻丢在今生
一点点地零落尘土
奔向来世的呼唤
定会遇见

花儿闪耀的光芒
迷炫我的双眼

2016. 3. 6

胡思乱想

喜欢
一个人无绪地想
如大海
潮起潮落了几千年
浪花是否也会疲倦
闭目
去追寻海的源头
屏气凝神
嗅一朵浪花
结晶出
自己想要的花朵
直到
嗅觉化为乌有

喜欢
一个人拥有
没有梦的午后
独坐阳台
一杯香茶，一曲音乐
想远方的人
举着红色美酒
在山谷里飘来荡去

还是也如我
享受这静寂的时光

就这样
蓝色的海，暖冬的阳台
融进
我的梦想，渴望，爱恋
遥望
童年青春记忆的远方
直到进入梦中
坠入
一池的红莲
看蝶儿翩翩舞
听风儿诉衷情
喧闹浮华的舞池
彼此
不必把含义的舞姿
塑成想要的形状
如此安好

2016. 11. 20

手握心诗

当你的手
轻抚我的长发
玫瑰的芳香在指尖肆意流淌
当你的手
放入我的胸口
漫长的冬夜不再有惊梦
当你的手指
紧扣我的手指
注定扣住了一颗飘浮的心
当你的手
裹着我的手
注定裹住了我流浪的一生

今夜
很想为你写一首诗
诗中飘着醇美的酒香
握紧它的浓烈和忠诚
干杯
我自己也不明白
哪里来的灵感和思想
预知的神灵
也没有告诉我

今夜

手握你留下的诗句

没有暧昧与不安

拭去所有的忧愁和苦难

无尽的天空下

轻吻

诗句坠入我的灵魂

不必找寻

也不必探寻

相同的暗夜

不同的目光

点亮黑夜中的太阳

2017. 1. 19 晚

与声名的对话

在转来转去的声名面前
我感到木然
炫目于鲜花的斑斓
浸没于红色的杯盏
我以光与影的沉默
与声名对话

我可以去听
虚虚实实的寒暄和感怆
也可以
不必掩上耳朵
就什么都听不见
更不屑
发出任何献词
觥筹交错下的奉承
拯救不了虚无的黑夜

从今天起
过去的我
不是我
也不再与声名对话
我得把自己当作

一个失踪的人
去随海翻浪
看白云朵朵

取悦自己的灵魂
也许只是
一颗淡然的心
一首青春的旋律
请宽容我
这些胡言乱语
如果换成金色的诗句
我会感到羞愧无比

2017. 10. 17

辑四
酒 爱上黑夜

陪我跳舞的小文字

从未想过
自己乱七八糟的小文字
会被当作一首首诗歌打开
这一切
与想象中的不一样
简易笔筒中
塞满了各式各样的圆珠笔
有的已经干涸
桌子上散乱地扔着
别人用过的
只有一面空白的纸张
这一切都无关紧要
只要每天可以仰望星空
摘下一颗颗星辰
镶嵌在这样的纸张里
世间万物
便都开始歌唱和舞蹈

允许自己
每天都胡思乱想
效仿我在文字中的影像
我离开的时候

天还大亮着

窗帘关闭

一切都在沉睡

我归来的时候

天还亮着

窗帘开启

沉睡的人已经不在

灯，却已为我过早地打开

轻轻地推开窗户

一弯圆月在天上挂着

一如既往

静静地坐下来

沙发是沙发，一个人

酒柜还是酒柜，无数个酒瓶

酒全都在里面

我又开始了我的虚构

继续和那些生动可爱的小文字跳舞

2017.12.23 晚

爱上黑夜

爱上黑夜
被你重重叠叠的爱抚包围
你紧紧地
把我拥在你的臂弯
只是请你
不要再亲吻那些美酒
它们窒息了我的心
束缚我梦中的身体
却无法俘获我的梦
我听见
我忧郁的心沙沙作响
讲述它苦涩的心事
我忍不住问起它的名字
可惜，你却一无所知

黑夜，我的诗意
从陌生的楼宇走来
勾勒自己
也看不清楚的画面
夜的漆黑是一把小提琴
迸发出爱的炫目光芒
你的欲望

只是把我身上
彩虹的颜色掠夺
把你爱慕的虚空
全部压在我的心头
一不小心
碾伤了我的胸口

多情的黑夜
请把我带走
我的身体
我的睡眠
我的梦境
把我的一切全部劫走
在毁灭中
把赤裸的灵魂融为一体
穿过海洋和陆地
绽放为来世最圣洁的花朵
彼此欣赏，彼此珍藏

2017. 3. 7

辑五

回家

最美的笑脸

回家

巨大的飞鸟
在黑夜里天马行空
看看周遭
是从未抵达的世界
和全部陌生的面孔
经过我
我也经过它们

柔和的灯光下
散发出新鲜的诱惑
犹如一道道闪电
从飞鸟的羽翼里
折射出耀眼的光芒
迷炫我的双眼
我什么也看不见
是的
我看不见什么
因为
今夜不寻梦
只想回家
而我
就回来了

2017. 12. 6

荞麦花

乡村田间
一簇簇的粉白
点缀陇东贫瘠的土地
一朵朵荞麦花
宛如乡间恬淡的女子
着一身素净的花衣
不妖娆，不张扬
不追逐喧嚣和富贵
兀白芬芳
神清骨秀
骄傲地站在光阴的故事里
高出寂寞
高出自己
高出世间
独一无二的美

2017. 8. 9

离开

我离开时
西北的村庄正飘着雪
路面很滑
你双手拎着沉甸甸的爱
久久地站在车旁
不肯离去
我离开时
你独自坐在炕上
眼睛微红
流着泪拉着我的手
只说了三个字：好好的

我离开时
院子里的杏树沙沙作响
不知名的小鸟咕咕叫着
不知疲倦
冷风穿过冬小麦
断断续续吹打我的面庞
幸好头发没有束起
感觉不到寒冷
也看不到我的眼泪

我离开时
整个村庄都在雪花中沉睡
路上空寂无人
抬头望去，凝视着
飘浮的白云和天空
把我记在心底的爱
织进了永恒的蔚蓝

2017. 3. 9

我不再责怪那个秋天

树的灵性记忆

雨停了
我们坐在院子里剥着核桃
绿色的外衣裹着
淡淡的苦涩和留齿的醇香
望着那棵
枝叶繁茂果实累累的核桃树
已经过去了许多岁月
也许梦中见过什么
主人已经记不起

布谷鸟在树上
不停地叫着
大片的杏树林
装着许多原始森林的故事
一棵棵柿子树
一个个闪亮的果实
沐在秋日的夕阳里
如玉石般独立存在
守护着主人洁净的家园

我草草写下有关树的赞美句
走出大门

眺望远处的村庄
想象着主人和他儿时的伙伴
在相同的太阳星辰下
竟牵引出
这么多的别离和相聚

和着树的歌声
可以衍生出
灵性的记忆
更美的光源
更高的高度
曾经遇见
所有的不幸和忧伤
主人都已忘记
也没有谁值得去羡慕
更没有什么
值得去盲目追逐

2017. 8. 8 傍晚

一年一度一别

灵巧的高脚杯
装不下绯红的面庞
陈年的拉菲
唤醒经年的记忆
贫瘠的土地
青涩的童年
共同打拼的青春岁月
经流年淡淡地融化
一张张不再年轻的笑脸
一首首发自内心的诗句
被片片雪花点燃
全部揉进
红色的拉菲
一年一度的相聚时光

红烛燃尽，烟花散去
空气中弥漫的离愁
轻轻地敲打
窗外密密的灯盏
想象着它们
如何被流年刻上
爱与沧桑的印记

又如何照亮夜色深处
我们即将告别的路
珍重吧，亲爱的朋友们
今日的再见
是为
明日更好的相聚

2017. 2. 25

黄土地的儿子

门前的杏树静静地
看着你一点点长大
不见它老去的样子
一望无际的冬小麦
绿意盈盈守护四季
庭院里残留的窑洞
弥漫你儿时的记忆
流水沟壑贫穷艰辛
洒满你阳光的面庞

蓝色的大门锁不住
满园的春色和爱意
袅袅炊烟飘着童年
魔幻小人书的传奇
你便是行走在这则
传奇故事的主人公
黄土地长大的儿子
赋予你生命的坚毅
智慧和汗水交织成
一道亮丽的风景线

洒满阳光的屋檐下

暖暖地坐在小院里
听着老人唠着家常
心疼浸染时光的你
喜鹊在树上喳喳叫
时而传来爆竹声声
西北的年味依旧浓

2017. 2. 5

我不再责怪那个秋天

木香的记忆

陇东，初秋的早晨
天空廓清，蓝莹莹如清澈的湖水
村庄里有一种静谧
主宰着透明的空气
花儿在太阳下打着瞌睡
红高粱在风中翩翩起舞
树上的核桃
调皮地追逐着长长的杆子
仿佛一颗颗如玉的泪珠
在簌簌地落下

耄耋之年的您
慈祥地坐在核桃树下
左手捏着核桃，右手握着小刀
小心翼翼地剥着
把一颗颗白色的果肉
全部放到我的面前，塞到我的手里
天很暖，风很柔
一股股甘甜的木香
弥漫了安静的庭院
有一种感触，一直在寻找

门外的汽笛声，打断了我的思绪
花儿也睁开了蒙眬的睡眼
微笑地向我挥手致意
念念不舍的风儿
还流连在满是木香的梦里
我不知道，不知道什么时候
您已经落在了车后
离我越来越远……
离我越来越远的，还有
阳光下的村庄和大片的荞麦花

也许有朝一日
我会融入这片土地
只因您让我相信
世界上还有这样
一个纯粹的角落
一个满园木香的庭院
我会像那些寻找梦中
橄榄树的人一样
再一次回来！

2017. 8. 19 下午

小城的风

小城的风很大
一个个
貌似葫芦的小花生
在黑锅里舞蹈
如淡雅的精灵
调皮地拉开夜的帷幕
妈妈变成了这场舞会的主人

我努力
笨拙地画下这一刻
画下妈妈微弯的身影
忙碌的欣喜
还有她慈祥面孔里
绽放出的那一抹
永远年轻的微笑

小城的风很大
小屋很静，听不到风声
据说，小城孤独的人
总是很晚才回家
可是我却不想离开
有妈妈在的小城

2016. 10. 7

庇佑今天的样子

今天的珠江水
今天的每一座桥梁
今天的每一株花草树木
都让我无限地喜悦和幸福
今天的太阳光芒万丈

今天，还是冬天
一位耄耋之年的老人
一袭单衣
正在珠江的长廊上
启动一种特殊的运动健身模式
开心得像个孩子

别人看见她觉得她冷
我则站在珠江上
迎接她爱的光芒
谁，每天行走在冬天的珠江边
谁，一直践行一份厚重的爱
谁，在我今天的文字里出现
她，她是我亲爱的妈妈

2017. 12. 28

最美的笑脸

新年的钟声
又一次敲响了厚重的爱
亲情、友情、爱情
在我的心间交融
一簇簇鲜花
满载岁月的馈赠
一声声爆竹
扫去
陈年的斑驳暗影

餐桌上
母亲高举酒杯
捧出她的全部祝福
爱，瞬间盈满
沙发上
母亲忆起古老的岁月
生动讲述
每个孩子的童年趣事
甜蜜的夜风
和我一起倾听
母亲
无可名状的爱的心声

来吧
甜蜜幸福的时光
从暗夜
一直流淌到熹微的晨光
和着霞光的色彩
露出世上最美的笑脸

2018. 2. 16

为你写诗

你是诗篇里散落的一句诗行
在喧嚣浮华的世故中
书写着秋日寒霜
山河漂白，红日蒸蒸日上

你是丹青中遗留的一线光芒
在凄冷孤寂的岁月里
描绘着清高热望
日月星辰，挥毫点亮荣光

你是西北的孤莲，编辑主创
在清晓明净的平台中
编写着信仰能量
寒来暑往，弘扬爱的力量

你是仓央嘉措后，第二情郎
在荒漠孤烟的西域上
召唤着心爱的姑娘
银河横空，鹊桥搭你飞翔

你是纳兰容若，真的羡慕儿郎
在田园古道的百姓家

心怀着天下万苍，精忠报国
志刚手握残阳

你是中华好男儿，真正形象
在悲情屈辱的抗争中
托起着人生梦想
奋斗不止，不倦地在咏唱

寻找

从我
勾勒你的面孔
听见你的声音
闻到你的气息
喜欢你的文字
看见一朵花开
我便
开始寻找你
尽管
你的一切
我一无所知

我在黑夜里寻找
深邃的星星眨着眼睛
我在白天里寻找
耀眼的太阳也脉脉含情
我在春天里寻找
万物复苏孕育着爱的花朵
我在夏天里寻找
炎热的盛夏涂抹着清凉的音符
我在秋天里寻找
金黄的麦穗浸染收获的乐章

我在冬天里寻找
皑皑白雪刺疼我的双眼
我在前世寻找
却未见今生的菩提

也许，最终的我们
都不能在时光里相遇
但是，我们
将一直与彼此为伴

2016. 11. 8

可爱的小使者，请帮我掀开岁月的面纱

岁月的密探
一直在窃取我的时光
我还没有准备好
在芬芳明媚的二月里
遇见你
可爱的小使者
居然站在了我的面前

在村巷通往河流的路上
可爱的小使者，告诉我
有一个地方，会有许多跳舞的人
却不知道在哪里
随之舞动可爱的双足
在洒满阳光的草地上
蹦来蹦去
小裙摆沐着春风
摇来摇去
连那些美丽的花朵
都在仰望着小使者
可爱的笑脸

从河流返程的路上

可爱的小使者，告诉我
有一个地方，会有许多冰淇淋
却不知道在哪里
率真的小使者，索性建议
我们开车去找吧
吃过冰淇淋后
我们要一起
把嘴巴和舌头
都擦得干干净净
不能让妈妈知道

岁月的密探啊
您听见，看见了吗
我今天特别的高兴
完全沉浸在天真烂漫的童话里
请您放缓您幸福闪电的步履
慢慢地敲打我的灵魂

可爱的小使者
我对你也有一个请求
用你的小手
帮我掀开一段岁月的面纱
陪我怀念
曾经的自己
也有过
恰如现在
你的样子

2018. 2. 28

可爱的宝贝

噢，可爱的宝贝
你，就是一枚小小的太阳
洒下万丈光芒
照耀我们前方的路
你，萌萌的表情
足以让欢声笑语响彻大地
你，充满希冀的名字
淹没了一段流逝的岁月

噢，可爱的宝贝
你，就是一个小小的天使
我们把美好的梦想
挂在了你的翅膀
那里缀满了闪亮的希望
我们只许下一个愿望
祈祷
你沐浴爱的温暖
健康快乐地成长
我们会收集天空最亮的星光
为你引路

2018. 2. 19

辑六　一枝红玫瑰　应答春天

一枝红玫瑰

我在初秋
遇见一朵采摘的玫瑰
只是依稀记得娇艳欲滴的红
根茎的小刺扎疼了我的手
却忽略了它慌乱的模样

我爱万物中所有的花朵
喜欢它们在阳光下妩媚欢腾
我曾在漆黑的夜
聆听这些花朵的呢喃
在荒原道路的转弯处
翘首期盼
淙淙泉水送来的甘甜

曾经被大把的鲜花吟唱迷醉
与谎言狂欢一同大笑
那些闲散的歌谣
戴着面纱揽我入怀
迈向黑夜里盛典的舞台

我在深秋
手捧一朵火红的玫瑰

倾听这一季邂逅的纯美
它是属于我的一朵玫瑰
即使深秋过后
它仍旧为我而盛开

2016. 10. 29

画中的事物

虚荣
还是找到了画中
一直寻找的东西
那些
曾经被丢弃的事物

她出现了
在一个冬天的黄昏
突然归来
我看见
她年轻的姿态
足以令人获得重生
她的微笑
亦有太阳微笑的魅力
她的眼睛
是从我喜欢的画卷中摘取下来的
她身上的饰花
是我见过的唯一的艺术
然而
魔法表情告诉我
她将永远是画中的那些事物
一直

做着一个被束缚的梦
在梦的背景中
我试图探测事物的遥远
却要掠过寒冬

虚荣的可能性
在春天尚未形成
又怎能收获心底
那一场冷漠的精确
脆弱的自负
优柔寡断
早已让四季的画卷
失去了它的必然性

也许
她的出现
只是顺从了画中的风景
呈现一幅缺失季节的画面
如果可以
忽略这个冬天的寒冷
仍旧可以
洁白如雪
优美如她自己
仅此而已

2017. 11. 26

没有落日的地方

从未
见天空的地方
永远见不到落日
对它而言
与经年相比
并无两样

窗外的风景
听不到我的赞美
不远不近
躲在窗户的后面
也许
不需要我的注视和触碰
即使掉落在窗台上
不躲不藏
也是捏造的
典雅雕饰的柜子
不偏袒任何一个物件
青花、水杯
问候与告别
在匆匆一瞥间
不期而遇

但我

还是要感谢它

可以让我

生活在没有落日的地方

一目了然

既不孤清满怀

也不矫揉造作

2017. 11. 17

我不再责怪那个秋天

偶然的巧合

必须
向偶然的巧合致谢
否则会错过
一季雪莲花的盛开

如果有任何污渍
我会向天空允诺
远去的光阴啊
请原谅我
带着裂开的旧伤归来
一并向
误解的答案道歉

这些年来
一直将木棉视为雪莲
忽略了
红与白的对话
故乡啊
别谴责我的愚钝
我回来
只是短暂的停留
却发现一个

偶然的巧合证明公式
一点都不劳心费神
为自己
曾经困惑的求解过程
而感到轻松和释然

2017. 11. 8

我不再责怪那个秋天

一扇门

凭着记忆，没有方向
轻轻地
敲了敲裁缝店的门
没有了善良女主人的回声
一群陌生的男人
正围坐炉火旁
烟雾缭绕
他们板起面孔
大声吼着
这里没有女主人
真想
打碎满屋的烟雾
放声大笑
算了吧
连自己都不清楚
又隔了一个年代
追问，也是徒劳

凭着直觉
走到了威严面前
大门敞开
却走不进去

院落又大又空
听不见
昔日的号角和嘹亮
也没有任何脚步的回声
更不见一个故人
我把视力提升到最佳状态
也看不见四层阳台上
曾经
站着的那个漂亮女人

我不是不快乐
才来此地寻一扇门
只是处于真诚的好奇
证明
是否还值得我留恋
我不是一个
无家可归的人
只是用行动
证明
这里的大门
是否还值得我回去

2017. 11. 5

跪拜钟声响起的地方

当祈祷的钟声敲过
我们都没有出现
悲哀的时光啊
沙沙地流去
仁慈的苍天
惋惜地注视着静默的寺宇

早就明白
圣洁的名义
一直被你披上彩色的外衣
曾一度抚慰
烟雾缭绕中踟蹰的你
而今只剩下
我高贵的怜悯

今天和其他日子一样
钟声依旧响起
只是早已物是人非
我们从不同的地域
相同的落寞中醒来
向着遥远的寺宇跪拜
平息心酸的往事

擦拭偶尔还会流血的伤口
用一种特殊的方式
来成全彼此的放手

2017. 6. 29 晚

我不再责怪那个秋天

蓝色的梦

整个白天，
我都安静地坐在房间里。
时而摇动手腕上的珠串，
听那
一颗颗黑色的沉香，
碰撞出美妙的声音；
一首首唐诗宋词，
编织的梦幻歌曲。
眼睛透过白色的窗纱，
追随窗外的车辆和行人，
还有那静谧的池中
会突然出现的你。

白天很快过去。
夜晚的水池，
被柔和的蓝色填满，
它们悠闲地悄悄低语。
你正微笑地看着我。
所有的无绪和纷扰，
似一片片飞舞的花瓣，
缓缓地坠入蓝色的梦境。
一阵阵春天的花香，

从池中弥散开来。

整个夜晚，
我都抱着蓝色的梦，
游弋在有你的水池，
满眼不再有忧伤。
进进出出的水面，
目光总是被你吸引。
我不知道该和你说话，
还是保持沉默。
你为何
总是追赶或回头？
透过流动的面纱
窥望我的脸。
从幽蓝中投来的一瞥，
顿时把我卷进蓝色的海洋。
不再束缚
不再隐藏，
任自由的身姿随波而舞！

2017. 3. 25

小屋

我住在我的小屋
生怕它变得更小
把我带到
你广阔的天地去吧
哪怕让我
开心得失去所有
霸道地窃取我的自由

我站在我的小屋
寂寞地捧着灯光歌唱
把我带到
你欢乐的歌声中去吧
哪怕愈合的伤口
再度开出血色的花朵

我不要求你来我的小屋
哪怕引我
去没有人居住的山谷
寻找三生石上蝴蝶走过的路
长成一朵你前世的清莲
并且深深地爱上她

2017. 3. 17

迷失

岭南的三月
恰逢烟雨蒙蒙
多情的珠江水
舞动曲线的腰身
运沙船的回音掠过水面
正在为奔腾的流水歌唱
岸边林立的楼宇
漫不经心地望着一切
水中欢快的鱼儿
游到我沉默的屋里
一边欢唱，舞蹈
一边叹息着游走了

绿树伸到我的窗前
宛如山林中降临的夜色
看不见的手指
试图拨弄梦境的琴弦
夜的寂静
只为等待一场盛典
原来夜里的我们
如此亲密无间
白天醒来时

才发现我们竟是陌生人
我们裸露的心
可以听到万物的呢喃
却看不见我们自己

2016. 3. 9

如果你在香江等我

如果
你还在香江等我
请摘下那片如梦的云朵
把它撕碎
变成漫天飞絮
也不做天空含泪的诉说

那一年的夜空下
红尘借给我们一方空间
埋下誓言
都是爱与恨的交错
光阴逝去
那里面的缥缈
还在吗

时间的对岸是终止符
还没有到达
就已逝去一半的风景
从出发的那一刻起
我已拍摄好足够的照片
沿途张贴
只为日后寻回

一段辛酸而又浪漫的记忆

一路上
你放飞陌生的鹰
注视我前方陌生的路
鹰抖动翅膀
吓坏了正在忧伤的小鸟
这些年
你到底收买了多少无情的鹰
可我还是希望
你能在我的梦里出现

快要接近你的时候
你却在我的梦里消失
多余的梦
被记忆撕碎
残存一段
你在香江上空
看戏的过程
如果你在香江等我
你一定听见了
我与天空的谈话

2016. 4. 25

爱你，风一样的女子

远在天涯海角的你啊
有着腰身玲珑的婀娜
有着影子摇曳的妩媚
有着晶莹露珠的剔透
有着青草花瓣的体香

爱你，如一棵树
为你轻摇甜蜜和忧伤
爱你，如一粒尘埃
轻易交出上升或沉沦
爱你，如一面旗
任你恣意摇摆方向和形状
爱你，风一样的女子

我注定在你的生命里行走
翻越千层万叠的海水
飞越日出日落的山冈
穿越树木门类繁杂的森林
用我沸腾的热血把你染红

在一个天气晴好
万物吉祥的日子

你仪态万千地走来
风一样的女子
留下簌簌记忆
如一曲渺茫无词的音乐

你的名字

你的名字
每一个字母灵动而又神奇
发出的每一个音响，可以弹出
金色琴弦的美妙弦音
奏出的每一曲乐章
可以让世界荡气回肠

你的名字
仿佛是星星被漂洗过后
重新嵌进蔚蓝的天宇
把这漆黑的孤岛点燃
你的名字
已经化作一片深海
即使被刻在沙粒般的骰子里
也能把它轻易地撵出

尽管我的书卷数不尽
仍会蘸着心灵的泉水
把你的名字写进诗行
写进心的田园

你的名字，夜色里

明月熠熠闪耀的银辉
你的名字，神话故事中
善良美好的化身
你的名字，可以点燃
心中永恒的爱火
让金钱的社会去悲鸣
让宇宙的亿万斯年
光芒不朽

圣木林中的两只蜻蜓

据说
它们是前世迷失
在原始森林里的两只蜻蜓
一只红色，一只绿色
飞了数百年
才转到今生
那一片橄榄绿的圣木林
它们注视着人间的一切
寻找前世它们的女主人

一群年轻人
正挥斧拉锯
截取着一段段迷人的幽香
一间满是玫瑰花的花园
玫瑰色的面颊
浅棕色的长发
一顶白色玉檀花的花环
无须使用望远镜
它们便可以看到
她摆着好看的姿势
甜蜜地微笑
拍着一张张彩色的照片

它们惊讶于主人

依旧是前世幸福的模样

倘若还可以选择

它们不会再做一只

孤飞的红蜻蜓和绿蜻蜓

也许会和主人一样

过着现在的生活

它们不约而同

只是默默地站在圣树林上

双手合十，双手合十

还是领受前世遗忘的天赋吧

不再寻觅，不再打扰，不再迷失

为主人点燃两盏祝福的心灯

照亮今生不再漫长的路

如此安好！安好！

2017. 12. 15

让我成为你的月亮

今夜没有月亮
我在黑夜中醒来
回忆
红场那个挥手的夕阳
还有
深秋的那一抹红霞
画出
含泪离别的双曲线

从此
你的身影，名字和气息
便被岁月
挂在了无名的树枝上
我在树下
用无人能懂的语言
刻下
深深的思念皱纹
泪光点染了日月星辰
傻傻地
等着你高傲地走来
连同你的温情
唇边的热吻

封缄我们的一世情爱

今夜没有月亮
我在诗行里呼吸
感受
你对尘世的悲叹
万般皆是命
半点不由人
亲爱的，不要难过悲伤
请到我的诗里来
如果
四季再也不会把你珍爱
如果
暗夜不再给予你光芒
请允许我成为你的月亮
为你点燃星光
直到永恒
一颗忠诚的灵魂
为你写下
比岁月更坚强的文字
陪你共舞
一曲新生命的华尔兹

2016. 11. 18

春天的答案

在这个飘雪的冬天
假设
尚未一季成殇
过程
还在精彩杜撰
结局
却早已落下陈旧的帷幕
它们
有那么多的相同点
一直纠结于
岁月的掌纹中
那一夜
在黑暗中猜测未来
那一天
在沉默里寻找答案
那一年
在屯闪雷鸣后
透明清澈

今天
有人大声喊我的名字
让我猜测

是否

有一模一样的春天

我把脸转向雪白的墙壁

终到怀里

只剩下冷冷的空气

因为

我无法在这个冬天

未经任何演练

便找到

有关春天的答案

2017. 11. 15

火鹤

因为爱着
红色的心形花瓣
金色的串串记忆
却不能言语
只能默默地看着
一场
为我盛开的花事

因为爱着
我必须尊重
我的心里知觉
我内心的秘密
你可以看见
或者看不见
也不必知晓
我的赏花态度
你的微毒
让我不怀有任何幻想

因为爱着
我必须珍惜
我的秘密和忧伤

直至老去
还能看见
火红的心形花瓣
绿色的叶子
清晰的脉络
也就足够了

2017. 2. 11 夜

玫瑰恋歌

红花、青草、绿湖和天空
全部揉进血液
身体开始葱茏
眼睛溢满恬静
白昼明媚
太阳的光芒从头顶降落
夜空深邃，繁星闪烁
正在归还一片逝去的月光

朵朵红花迎风盛开
伸展在阳光下
褪去所有的残枝枯叶
演绎着玫瑰的恋情
片片青草和树叶
风中雀跃舞蹈
恰似一支支甜蜜的曲子
在冬-季里奏响
静静的湖水流淌着
祖母绿一样喜悦的泪滴
坦诚地漾着持久的微笑

云海飘浮的天空下

映着心贴心的剪影
仿佛玫瑰花的光影
收到身体里面予以珍藏
如此地贴近、简单
没有复杂和傲慢
胸口
你的手就是我的手
牵着共同的韵律
带着不朽的馈赠
唱响一季
火红的玫瑰恋歌

2016.12.27 晚

永恒的歌

歌声赋予黑夜的变异
是无限的虚空和光明
序言
从他们的微笑中展开
故事
在我们的心里杜撰
那是一条遥远的路
他载着她
唱着深情的歌前行

我们不必用嘴说话
只用眼睛和烈酒作答
他们的情歌溢满杯盏
尘世喧嚣的前面
我们踏上了空中
那条蔚蓝色的路
没有四季，没有黑夜
太阳永远停在那里
被春天和黎明拴住
爱情
就在那条路上永恒

2017. 4. 13

花与歌的永生

今天早晨
我收到了你的礼物
一朵破晓初绽的红玫瑰
一首曙光低吟的轻歌
在这个
二月盛开的歌宴上
我终于找到了
属于自己的席位

你的歌
仿佛春天的花朵
只要我轻轻一弹
它便如约怒放
可是我不知道
拿什么来献给你
我只有
你赐予的这首歌
和飘在晨曲里的一抹红韵

请允许我
把它们
当作我自己的礼物

拿来献给你吧

假如有一天

玫瑰凋谢了，混入尘土

歌声隐匿于天空、陆地和海洋

我也不会悲伤

因为

它们在你那里

还会得到永生

2018. 2. 14

应答春天

我不再想知道
有关你的一切消息
我最大的收获
是用一种你无法认可的言语
等到了这个迟来的春天

你的言语
没有任何信念
只是从嗓子眼里发出声音
所以你将未来赋予
一个无法精确读取的标记

我的柔弱和善良
对你显而易见
但是我拒绝
你的呼唤，你的抵达
因为我的悲伤和绝望
在这个冬天已经彻底结束
祝愿你
用自己认可的言语
来应答一个人的春天

2018. 2. 11

辑七　旅人与珍珠的对视

旅人

我有一位沉默不语的旅人
白天
小鸟在树上欢唱
清亮的歌声
响彻我的天空
我从花丛迈向河流
只有
太阳在我的头顶

我有一位神秘的旅人
总想
打探一颗蒙尘的心
揣在胸口的疤痕
毫无遮掩
熊熊燃烧
滴血的路上
却
兴致勃勃地离开

我有一位丢失的旅人
夜里
天空星光灿烂

小曲歌谣
穿越我的门窗
不绝的欢歌
从枕头里升起
那梦中的银光
一直洒向遥远的西天

2017. 4. 22

我不再责怪那个秋天

行走于黄婆洞水库的遐想

一个人骑着单车
行驶在 2017 年圣诞前夕的冬日暖阳里
大红色的围巾如跳动的火焰
在风中舞动，燃烧
满街的车水马龙，鲜花绿草
把我裹在丝丝的温热里
凝结成一股冬日的暖流
再次点燃这一季冬的圣火

跟随百度地图
入了白云山的西门
太阳已经开始悄悄地西行很久
园内草木葳蕤，人声鼎沸
见不到行色匆匆的下山人
一切都与夕阳西下无关

穿过繁茂的竹林小溪
便见三面环山的黄婆洞水库
满目苍翠的群山，高低错落
太阳正挂在层林尽染的缝隙处
湖面日光熠熠
一排排金黄色的水杉

辑七　旅人　与珍珠的对视

171

矗立在水的中央
火红的树叶
点缀着碧绿、清澈的湖水
远处的山峦、夕阳的余晖
静静地融在水里
又一个优雅的梦境浮现

长长的堤坝下面
是一排排撒下希望的垂钓者
撑大伞，坐小凳，彼此寒暄
堤坝的斜坡上面
长满了矮矮的青草
还有斑驳的石块
每隔不远，便会有人们踩出的小径
可见，六十年的风风雨雨
是如何雕琢和洗刷浅滩上的石砾
人们在堤坝上来来往往
驻足或行走
偶尔还会听到片言只语
有关黄道婆的美丽传说
更增加了它的神秘和梦幻

于是，尽管用心
我还是把今天的独行
码成了杂乱无章的文字
把稚嫩的涂鸦留给回忆
因为

今天过去，以后不会再有
也许我的终点
只是
一条燃尽的红围巾，清澈的湖水
和一片红透的叶子

2017. 12. 25

世外桃源，你在哪儿

东晋陶令随仙去
阳朔留下桃花源

季节摇曳到了秋天
我和十月的思念一起
踏入那片梦中的世外桃源
放眼望去
天旷云近，村树含烟
清波荡漾的燕子湖
镶嵌在阡陌纵横的绿野
绸缎般的湖面
被小船裁波剪浪
尽纳天地的美

飘过黑漆漆的燕子岩
便见传说中的桃花岛
草木繁茂
一株株桃花正灿烂
笔架山下
一群原始部落的土著居民
着树皮羽叶
摇旗呐喊，引吭高歌

个个彪悍健壮
足以想象我们的祖先
是何等的聪慧与坚忍

不知不觉
小船沿着散布的村落
缓缓地驶向归途
青瓦泥墙，绿树桃花，竹篱菜畦
捕鱼的老翁
悠闲地坐在竹筏上
随云影逐流
宛如陶渊明笔下
芳草鲜美，落英缤纷
令人亦幻亦真
恍然不知何世

回眸凝望
世外桃源已远去
传说也只留在了纸上
不问桃花开在哪儿
浮华三千，做自己
触手可及的一草一木的浪漫
便是住在心里的桃源
有山有水，有情有爱
花开蝶飞，叶落风吹
与一个懂得的人
远离鲜衣怒马

在素年锦时的光阴里
细品
桃花嫣红，岁月静好

2017. 10. 8

被你牵着，走进古镇的梦里

就这样，被你牵着
走进黄姚古镇的梦里
它那
古朴清新，空灵脱俗的淡雅
犹如一本
被遗忘的千年诗集
不经意间
被好莱坞的那层面纱
轻轻地揭开
彰显数不尽的风雅翠秀
遗憾的是
没能让我早早地知道
它的名字

凝望一色
明清风格的岭南民居
白墙青瓦
摇曳着古朴的浪漫
彩瓦琉璃
书写着历史的时尚
抚摸那褪色的门楣
可以感受到

岁月的枯荣和古镇的沧桑

一条条
静谧幽深的青石老街
不知凝聚着
多少耕云种月的风餐
一块块
印证年轮的黑色石板
已被先人的双足
踏磨得漆亮如玉
一串串
远道而来
异乡人的足音
仿佛古老岁月里
发出的
一声声悠长的叹息

斜晖晚照
袅袅炊烟
仿佛古镇永恒的呼吸
仙人井
捶衣、舂米的回响
跳动着
古镇生生不息的脉搏
带龙桥下的湾湾江水
静静地流淌
延绵了

古镇千百年的血脉
乘着乌篷船
潺潺地绕过百年古榕
树影婆娑似梦，骨感峥嵘
叹一场生命的力量
多想举笔蘸墨
将古镇的静美
画在纸上
定格心里

就这样被你牵着
聆听姚江碧水讲述
古镇的前生今世
草长莺飞与年华暗换
在这里
品读古巷墙面上
一条条温暖的留言
是一种别样的感动
在这里
只管看山，看水，看自己
看古镇的悠悠风景
看手中牵着的人
多年以后
依旧岁月静好

2017. 10. 5 晚

两朵花开的声音

寂静的夜
只能听到
另一个世界的耳语
和两朵花开的声音
穿过流逝的光阴
抵得上今世
我万般的无语
如果你厌倦鲜绿的早晨
嘲笑
花开得太艳、太早
就不要向播种的人问路
更不必责怪我
为何也早早地踏上
那条铺满鲜花的路
瞬间去演绎
一个温良的小丑
多么滑稽
多么可笑
即使你披上斑斓的色彩
也挤不进另一个世界
更听不到
两朵花开的声音

2017. 9. 18

纠结

从未

如此纠结

手捏着

两颗金色的珠儿

迷迷糊糊

沉睡了数千年

那个时候

你向我证明

它们

会一直在这里

醒来

金色的珠儿

早已不知去向

仅有

一池金色的记忆

我与你争辩

你已无法证明

除了

人间大毁灭

2017. 9. 6 晚

一段魔法的旅程

我知道
我的忍让
有多么荒诞
我的愤怒
有多么可怜
这一切
都不能阻止你的嚣张
虽然无力承受
但我必须接受

你以申请者的身份出现
却承担了一个小丑
最无耻的姿态
即使
我是世界上最愚蠢的人
你也不必重复
你认为最耀眼的光坏
过程提供多种假设的选择
事情最终却只有一个结果

不幸的是
我不知道

该怎样去对待这种刁钻

又怎能容忍

在这样一个秋天

你竟然

穿着皮草向我尖叫

现在

我还不能摘下你的面具

必须耐着性子与你交谈

时间如此紧迫

我不敢

再发出一点点的声响

因为

我被施予了

一段魔法的旅程

2017. 10. 24 晚

无梦的睡眠

雨一直下着
一条小鱼
蹦到我的床单上
嘴里衔着一颗白色的珍珠
我问
这是失眠了吗
不，这是一个梦
有梦，就是真的睡着了

梦那么短
我就醒来了
鸟虫啾啾
责怪我惊扰了它们的美梦
此时，珍珠般的回忆
才是我的仅有

如果不是因为黑夜
我会揽它们入怀
拥有一个无梦的睡眠
该有多好

2017. 7. 19 早晨

我祈祷，今天的你是寂静的

如果今天
时钟划过最终的那一刻
你仍旧是寂静的
我的心里
便会开出喜悦的花朵
为了这一天
我已经等了很久很久
我曾经
一次又一次的祈祷
希望你
最终属于我的青春
一次又一次
用金色的诗歌
把你供养在我的生命里

如果今天
你站在那些背弃了我的初衷
和理想的人群里欢呼
我已全然不顾
因为
我只是把你的颜色借给了那些人
我能听到

你的呐喊是想淹死他们的呼号
我能听到
来自太阳的耳语
和英雄的力量

我祈祷
今天的你是寂静的
你的寂静
可以穿越我的血脉
我把我的灵魂
轻轻地浸入
你的寂静
盛满希望

2017. 10. 14

最后一次祈愿

今天最后一次
站在红砖、蓝瓦、绿树
掩映的花园
为我的花儿祈愿
树上的布谷鸟
不知疲倦
唱着记忆里的思念
恳请
白云带来风的消息
是否
它们已踩着绿波
借着
漫天的星光走来

今天最后一次
站在夕阳的余晖里
为我的小路祈愿
假如
前面是荒郊野草
过尽荒野
也找不到
属于自己的路

就把泪水凝聚的辛苦
酝酿成永恒的酣眠
在梦境中
勾勒
那一抹骄傲的鲜红

最后一次祈愿
秋光里
我的路上
花儿朵朵

2017. 8. 10 傍晚

与珍珠的对视

风吹过，
唤起一阵阵花浪。
远处的群山，
静谧的海滩，
一湾清浅。
一粒沙，
飞进裂开壳的贝体内。
经由柔软的肉质和沙的砥砺，
不停地流淌着泪水。
优美的外壳，
如两只交臂的手掌，
缓缓地张开。
一秒钟，裂变
一颗美丽的珍珠；
一瞬间，解脱
一个幽暗的世界。
天空、陆地和海洋
在宁静的光影里停歇。
我和你在与珍珠的对视里，
发现了这个
不一样的秋天！

2017. 8. 26 下午

辑八　灵魂　就这样

灵魂

我开始相信，
不能让自己
看见的灵魂存在。
我站在我的未来，
与现在的我耳语，
我看见了自己。
灵魂是纯净的，
甚至
阻止我的践踏

请别让人家嘲笑，
在灵魂面前，
本性
总是被伤害，
在乎对不起的人
却是我自己
不明白
为什么会是这样，
灵魂没有告诉我，
它只看见了经过，
它的目光
已经没有了力量。

我最后一次问它
为什么会是这样，
灵魂
只是哭泣和悲伤！

2015. 12. 5

我不再责怪那个秋天

忆

春天的午后
某种东西慢慢燃起
黑面包、格瓦斯和意大利面
它们让我不再饥饿

辛勤劳作的白天
比黑夜漫长很多
从不休息的日历
总是超越自我的狂欢
拍着双手迎接，欢送

无法预知的隐忍
与静默的窄床共呼吸
杯子端来月光
提醒该起床了
刚好，结束一场梦的旅程

波罗的海的琥珀
悬挂着日渐稀少的旗帜
太阳和月亮依旧交替
引导饥饿沿着峭壁
向富足进发

春天的午后
某种东西占据我的心灵
一种怀念，一种蔚蓝，一种恐惧
它们仿佛离我很远
却一直住在我的眼睛里

2017. 3. 28

旗袍

我穿上
印染时光深处的旗袍
端坐在三月岭南的午后
瘦长的茶叶躺在杯盏里
风倦了，太阳出来了
静静地闻着紫砂壶里
除了
淡雅的茶香，骄傲的水汽
一无所有
旗袍襟上曾经的水渍
正恰到好处地
被金色的泡沫风干

我用我的身体
亲吻拥抱我的旗袍
渴望它
一层层包裹住我的心
轻轻拂去岁月的尘埃
婉约绽放一树
浮华尘世的静美
直到
与我的身体融为一体

我爱我的旗袍
因为
与我的生命交织在一起
如果离开它如此真实
就像爱它一样真实
人生的聚散离合
爱恨情仇
必定有它特定的意义

我知道
在某一天的暮色中
旗袍和太阳将向我告别
只是在离开前
允许我再停留片刻
斟酌好我最后的诗句
微笑地看看镜中
穿着旗袍的自己
再把用爱和生命
编织好的美丽花环
亲自戴在自己的头上

2017. 3. 21

心路

时间进入十二月
心绪便开始翻滚
山高水远的绵长
氤氲了茫然的十年
晨起在月光
夜归在暮色
寒来暑往
你站立的样子
在冬的风中
夏的雨季
谁会给你注视
你又能望着谁

想象着
走出了岁月如歌
聆听着千山晚溪
梦幻着
开满薰衣草的山谷
憧憬着
没有寒风的故乡
大地青翠一片

没有止境的漂泊
让曾经许下的诺言
早已随风走远
往返的心路变了
回不去，来不了
只能让它
枯萎在曾经走过的路旁

2015. 12. 27

爱的声音

一个刻骨铭心的早晨
也是我沉入海底的那一刻
只是瞬间
红花绿草都凝聚成死亡
黑夜在清晨里升起
遮住了灿烂的天空

仿佛
已经走向了另一片圣洁
温热的南风
掀开了所有的幔帐
毫不留情
肆虐地吹刮着

我一直
挣扎在远方的远方
模糊地印证着贫穷的诞生
迎面而来的雨石纷飞
将黑夜与我一起埋葬

在熊熊烈火
即将燃尽的余灰中

我听到了一种铿锵的声音
它镌刻成一种生命的力量
不容置疑
我必须挺直腰身
去歌唱
偿还一片
荒漠和绿洲的情义

2016. 7

南方的阳台

清晨的阳台，迎着风儿，
吹落了几滴晶莹剔透的水珠，
恰逢白露。
远远地望去，
被晨光点缀的珠江水，
很美，美得可以倾心于她的微波，
美得由近及远的船只，
都不忍心划破她的涟漪，
美的，无人和我……

午后的阳台，
茶香暖暖地飘散开来。
眼睛被葱绿的花草牵扯着，
不知道该如何转动。
一串串甲壳虫似的好看车队，
为数不多的酷似蚂蚁的路人，
还有远处壮观的楼宇，
在此刻，
都变得清爽干净。
原来褪去朦胧外衣的世界，
竟这般美好纯净，
纯净的，无人和我……

黄昏的阳台，
夕阳渐行渐远。
江水被夕阳的余晖，
映衬得如同，
一条飘舞的金色丝带，
伸向遥远的天际。
空中的浮云飘过高楼，
飘过南方异乡人的头顶，
却不见，
我儿时低矮故乡的袅袅炊烟。
幻化的炊烟啊，
缥缈的，无人和我……

告别

雨水打在地上
并不觉得
炎炎烈日下的身体
会有多么惬意
惬意又如何
雨水仍旧落在地上
开出朵朵的水花

取出小小的诗集
让自己静静地坐在椅子上
然后去幻化，去等待
数不清的出发
从南到北
又从北到南
除了你们，
我唯一的亲人
便不再向任何人告别

我默默地祈求
南方的车，慢慢行
北飘的云，快快走
那里

忠诚地伫立着
我渴望
拥抱的亲人和远方的幸福

言语

言语是什么
难道是为了传播荒诞无稽
还是诉说
亘古不变的爱情真理
而我的爱情啊
是个魁伟的巨人
他能翻江倒海
亦能把高山填平
啊！言语
你这精神宝库的偷儿
可以把一切都缩小和贬低
唯独只爱
纵情的歌唱和赞美
人们不愿公开张扬的秘密

假如
我能掌控迅雷的轰鸣
假如
我能抓住语言的精灵
假如
我能踏着浪花儿飞向天际
那么

我便要在世界的高空
用耀眼的闪电
编织成最美的文字
接受你
给我的忠诚的爱情
让全世界永久地为我们祝福

今夜，只有风是我的

南国的整个夜晚
都是风的呼号
不停歇地吹刮着
面对
突然狂啸的大地和天空
被刺穿的大床和身体
只能做一次次虚无的挣扎
因为回声只有
风的呼号和黑夜的沉默
辗转反侧
难道是夜空里
隐匿的月亮背叛了星空
送来北国的寒风
让那些远离初衷的人们
在整个夜晚
都不能安然入睡？
我不知道
地球与星空有多广袤的空间
却在这个有风的黑夜里
彻底迷失了我自己
在从白雪皑皑通往开满鲜花的路上
早已没有战胜严寒的锐气

却无奈地收获一些
掺了杂质的阳光
黑夜里的风啊
请你，请你告诉我
许多年以后
这个有风的夜晚
是否，是否
会把我和你一起埋葬

我不再责怪那个秋天

致雪人

冬的月明之夜
空气里
满是飞舞的雪花
雪人
迈着轻盈的步履
唱着单纯的歌
走进
挂满枝头的童话世界
虽然冻过很久
在雪地在风里
仍旧
纯净明亮如天使

希望
是一只飞跃的蝶
掠过四季
与雪花翩翩舞
听雪人
深情的金色歌曲
看雪人
冰霜中美丽的容颜

给予

每一片雪花

犹如一场场礼赞

一切

只是行走

干净的言语世界之内

没有举手向虚空允诺

也不惧

雪的消融

早已

把喜乐压成片片雪花

从此

如光束一样

照亮

我们的心灵

2016. 11. 23

月夜

连续几个黄昏
珠江水面，近岸的地方
泊着一只敞篷船
船上有家，有男人女人
还有水果和微笑

举起视线
从桥上洒下来
五彩斑斓的光影
恰是一群灵动的舞者
多情的
还有鸟儿的欢鸣

夕阳散后
江水的横阔
胸怀一样美
流动街灯的壮观蜿蜒
金蛇起舞般，秀气
空中挂着一轮明月
静静地，柔柔地
似母亲笑意盈盈的脸

惬意的星星，眨着眼睛
星罗棋布，搜集着
月色中的欢声笑语
狂奔的船儿载着沙梦
驶向夜色中的远方

亲爱的，请张开双臂
换一种姿态去拥抱
这中秋前夕
兴高采烈的月夜

七月的舞者

即使长久的沉默
也发不出声音
这是对的
因为所有的一切
都将疏离抑或远去
火热的七月
流出的是冰冷的汗水
有光的月色
也被无情地挡在窗外
悲伤的乐曲
只能
诞生出绝望的舞者

既然
路上与你不期而遇
来得那么狂野
猝不及防
美丽的外衣
被残忍地裁了一个黑黑的洞
尽管
我精心缝制
仍旧无法弥补

松软乏力的身体
懦弱的思绪
恐怕
托不起一根羽毛的重量
甚至
心跳的余悸都变得模糊
不能用创伤的黑洞
取悦灵魂的高贵

一种
可怕的美已经诞生
吹刮着
曾经静美的夜
迫使灵魂再度舞起
浓重的阴影下
也要面对
死亡之后的明眸

2016. 7. 13

什么属于我

慵懒独坐
阳光灿烂的午后
既不思前也不想后
轻敲木鱼
意念驱散
稀奇古怪的东西
生命存在于万物
生机勃勃
催生喜悦的灵魂
聪明的人啊，请告诉我
奔跑的青春
飘逸的长发
明眸善睐的大眼睛
是不是真正属于过我

拎着岁月伤痛
踟蹰白色的长廊
冷冷的陌生人
不管是否愿意
指使我在设备中穿梭
仿佛摆弄一个人体模型
最终宣判

即将废弃的悲壮

哭泣的灵魂默默陪伴

过往的日子化为彩云追月

聪明的人啊，请告诉我

衰老的生命

花白的发丝

失神的眼睛

是不是真正属于我

午后的阳光

已不再明媚

只有禅音缭绕

木鱼声声

聪明的人啊，请告诉我

除了

提升心性修炼灵魂

还有什么

真正属于我

2016. 12. 2

请允许，故人替我回故乡

请允许
故人替我回故乡
看看我的母亲河
——穆棱河
相约那悠远的乌苏里
听它
流淌着千年的诉说
领略它
老爷岭的传奇

夏季的光阴
已悄然流逝
请允许
故人替我回故乡
采撷一片故乡的秋叶
播撒在我的心田
天上
那朵朵低飘的云
正是故人寄来
我儿时梦幻的轨迹

请允许我

穿越时空
成为那个
回故乡的故人
长成一朵
四季开放的花朵
永远
永远为故乡绽放

2017.9.20 晚

有人问

有人问
七月的岭南
你的天空漏雨了吗
为何迷人的花儿
总是躲在潮湿的角落
安静地铺开
只为迎合你间歇的欢喜

如果有人问
七月的岭南
这么美的花儿
为何留给那不会欣赏
迟来的幽暗雨
亲爱的，告诉他们
引导花儿
前来的一种力量
是自身存在的结果

从未想问过你
也不必知道答案

2017. 7. 17 晚

青春的沙粒

曾经
抓起一把青春的沙粒，扬起
除了烟雾升腾的酒气
什么也看不到
伸开双手
掌心里站着一个流泪
向天空仰望的女子
她祈求灿烂的星光
再赐一段纯净的似水流年
也许
来不及搜罗好青春的印记
就已经昏迷地老去

如果一切
还可以缓缓地寻觅
她一定裹挟着青春的沙粒
把它们抛入
没有人烟的净土
那里
没有阿谀奉承
没有攫取财富的贪心
更没有精打细算的爱情交易

也没有人类的祝福和咒语
当然，也没有谁
还可以祝福

2017. 7. 16 晚

别再问，我的耳朵

如果一心要我痛
就去问，我的耳朵
千万不要这样说
我喜欢
你痛的模样
更不要把触感的大旗
直插虚无的胸膛

别再问，我的耳朵
它无法接受
你揩干的泪滴
正如低飘的两朵云
随时
可以下起滂沱大雨
把你卷入雨海
从此音信全无

别再问，我的耳朵
它不知道该怎样回答
才能给你带来
满怀的喜悦和欢畅
只希望今夜

唱出的温柔歌曲
可以让黑夜哑寂

2017. 7. 12 晚

孤

依然是
我写过的珠江水
岸边的花树和楼宇

我孤零零地
站在雨雾的边际
体会
城市中巷陌的苍凉
遥远的天际
隐约可见朦胧的山影
云雾缭绕
透过楼宇和云层的缝隙
是永恒的蓝天

我站在
远离尘世的高处
听远方
传来划破雨雾的震响
和着汽笛声
那条耀眼的彩虹
是否
可以明朗我的双眼

2017.6.14 午后

燃烧的花串

七月的骄阳
烤熟了空气中的花朵
我的花串还没有编织好
便被这层层的热浪
驱逐到天空里游移
注视着
人间的山川河流，独自辉映
倾听着
天空细腻的呼吸，灿烂轻盈

火红的面纱
遮住了双眼
来不及编好的花串
终于燃烧成灰烬
我变成了一朵
遮蔽太阳的云彩
一刻不停地奔跑，战栗
向人间
泼洒如雨的泪滴
清新凉爽，但很快
天幕合拢
我便永远地隐去

错过

从白天到黑夜
只有
大片的紫荆树和桃花
在太阳和月亮面前撒娇
它们羞怯得
像躲在角落里的风
不合时宜地
被搁置在人迹稀少的路上
也许知道我要来
便留下这条着色的街道
独自奔跑

不知何时组建的公寓
静默地拔地而起
还没来得及观赏的红花野草
早已昙花一现
幸好路上
还有紫荆树和桃花
并不妨碍
我和蝴蝶的对话
这里
没有咄咄逼人的猜算

只有坦诚和静幽
我
轻轻关好公寓的大门
却被指指点点
因为来得太晚

2017. 5. 7

我有繁星在夏夜

夏夜
让我写下这首最荒芜的诗句
六月的岭南
湿热的空气
可以煮沸珠江里的水
也许一定要热过很久
才能看到远方的清凉在颤抖

暮色
踏着慵懒的步履
忧思的节奏走来
我还没来得及点亮屋里的灯
白天的糊涂与傲慢
已争先恐后地钻进来
我不想
这安静深处的夜晚被打扰
虽然不可开交
站稳，沉思
将一切淹没在虚无里

还是
让我去假设吧

夏夜的繁星里
总有那么一颗星
可以引导着我
走过那早已潮热的黑暗

欲望

莫再迷恋
这又苦又甜的欲望
有时
它如灿烂的星
不停地奔跑闪耀
让人们拼命地追赶
试图用饥渴来填满

莫再迷恋
这又苦又甜的欲望
有时
它如夜幕闭拢的黑暗
不停地散布谣言
恐惧
让人们抱住绝望
撕扯身体
迫使灵魂脱缰

莫再迷恋
这又苦又甜的欲望
有时
它可以毁灭一切

也能让世界重生
欲望
随时都可能溜走
被安静的灵魂驱赶
除了
这安静的灵魂
一切
都不肯停留

2016. 11. 27

对话

是什么促使我
今天飞到这里
我问飞鸟
它只是张开翅膀，摆动着
展示它的绚丽华美
浑然忘记今天的含义

天空
没有因为它的忘性
拒绝它的飞翔
也没有因为它的勇敢和粗野
变得蔚蓝和灰暗
相约一起飞
没有方向也不回头
只因懂得
我和它的对话
不知道用怎样的姿态
才会飞得更美
记住今天特别的方式
里面没有我和它的名字

四面八方吹来的风

足以颤动、起伏它的翅膀
摸摸翎毛还在
依旧那么长
欣喜，今天
它还能陪我一起飞
一个它遗忘的日子

2017. 2. 14

辑八　灵魂　就这样

水仙花

没有土壤和根基的水仙花
洁净地漾在水中
不曾沾染污浊的空气
犹如脱俗的小女子
娉婷地站在清水的中央
默守一方城池
婉约绽放

六片洁白的花瓣
是你纯净的舞衣
蕊中深处
三朵金色的火焰
冬天里默默地点染
倾吐满园的幽香
不仰仗，不依赖，不孤独
骄傲地扬起清纯的笑脸
吐纳着清冽的芬芳
舞向春天

纵然不能揽你入怀
却愿为你醉卧黑夜
望尽天空

如一颗颗清逸的星星
悬挂在静谧的苍穹
拨亮我
所有的暗淡的故事

2017. 2. 11

遗忘

偌大的城市
纵横交错着陌生的街区
无论行走多少次
陌生的街角，仍旧走不进
一段成长的回忆
一次情谊的碰撞
一场幸福的感动

试着找到老电话簿
感受名字、地址、电话
还有永远占线的忙音
透过岁月一点点呼吸
想象他们生活的样子
渐渐地
成了怀念中的遗忘

也许我们只是
相隔陌生的街角几步
却宽不过
都市街道的咫尺之遥
永生不会相见
其实记忆

远不如它本身那么确定
始终处于
遗忘和被遗忘的状态
在遗忘的碎片中
被遗忘的时空里
让那些褪色的言语
遗忘色彩，不再重现

2017. 1. 10

青春

窗外砖红色的楼宇
一如我胸中燃烧的火焰
树影婆娑
摇曳着屡屡光阴
门厅，楼梯，黑板和课桌
它们一并点亮
我青春的驿站
头顶一盏盏银色的灯管
把流年的星辰
串成一条条聚集的光线
游向凝视它们的每一个人

对于他们
站在青春的光影里
青春的汇报
难得的天赋
受惊于我的目光和心灵
青春的答辩
在我的笔中缓缓地流淌
他们用心去剥落时间
把青春的印记
镶嵌于蔚蓝的天空

我喜欢他们

他们让我感受我的青春

我喜欢他们

他们让我的青春不会老去

我喜欢他们

我看见我的青春

一如他们一样

仍旧安静地端坐在时光里

几百年后

我和他们还会与青春相遇

2017. 12. 21

把生活过成一首诗

我总是喜欢
把生活过成一首诗
甚至我被远方爱着
正因为你爱我
我的思想和灵魂
会像蝴蝶的翅膀一样
五彩缤纷

我总是喜欢
把生活过成一首诗
甚至我被杂乱无章的苟且爱着
正因为你爱我
我的身上会时常绽放
一些奇异的花朵
闪烁着一片片光芒

无论你在眼前还是远方
都将是我生命中
最嫣红的那一抹
因为我喜欢
和你窃窃私语
字字句句的心灵之音

让我欢腾
我可以把我冰凉的面颊
贴在你的掌心
把我火热的双唇
靠在你清澈的杯盏
我的青春和苍老
在你的眼里
满是悠闲的清芬

在我的灵魂深处
你会让我永远充满爱意
无论眼前还是远方
谁都不能夺走

2018. 1. 7 晚

干杯！十二月

站在岁末的门口
高举精致的酒杯
干杯，十二月
喝完最后一口
打碎，身后残缺的杯盏
涂掉时光里杂沓的脚印
揣好，刚刚发芽的小文字
心怀感恩，穿上你馈赠的大衣
不回头，从那扇门出去

我不会守着经年的门窗
揣测每一个月
也许我亏欠
那些我不爱的月份，多了些
但总是会有人比我更爱它们
虽然我不快乐，但我很宽心
因为我了解
它们必须接纳
无法抗拒的事物
所以我原谅
那些无法原谅的一切

感谢经年的每一个月
尤其，我从未亏欠的十二月
顺着它们离开的方向
我被种在一个叫诗意的地方
也许它们并不知道
我空空的手里
除了那盏精致的酒杯
还盛满了晶莹的泪滴

站在岁末的门口
干杯，十二月
带上你所有的馈赠
不回头，从那扇门出去
迎接，迎接崭新的一年

2017. 12. 29 晚

四季桂花

南国的冬季
一棵棵四季桂花树
葱绿的树叶
金灿灿的小花
浓淡相宜的花香
没有玫瑰的浓烈
也别于茉莉的清幽

一朵朵四瓣小花
挂在各自的枝头
不张扬，纯纯相依
仿佛精灵的蝴蝶
带着一场场风尘
从远方飞来

四季桂花的清香
氤氲出
易逝的回忆、纷扰
不至深，不情动
更不存在香消泪落
满眼桂花，层层爱恋
站在桂花树下

长成一朵四季桂花

从此，香气注入身躯

随日出日落

春夏秋冬

安于世间一切

2016.1.6 晚

辑
八

灵
魂

就
这
样

茫茫的黄昏

这是一个
岭南暮冬的黄昏
草木葱绿，花开鲜艳
沿着水博苑一路走来
亭台楼阁，小桥流水
南越国的水井
东汉的陶船
沧桑的海珠石
都默默地在这里停留
印证着水的渊源
毛壳墙的古朴
满洲窗的瑰丽流彩
都在火红的云朵里静止不动

我看见了
饱含香味的大片花朵
它们来自茫茫的黄昏
噢，茫茫的黄昏啊
你可真会捉弄人
即使
我行走于花草的黎明
也无法开出太阳的花朵

即使

我屏住呼吸

也不能长成一棵永恒的树

莫非

这茫茫的黄昏

就是你我的黄昏

岭南的晚风吹过

顷刻，便沉入黑夜

2018. 1. 14

一颗空白的心

今天
居然有人说
我的心是空的
从那一刻起
无论怎么呼唤
都不能用言语
填满显示者的空白
虽然理论上
可以活出最好的自己
但是结果
却抽象得令人痛苦

很清楚
我无法接近你
听不见，看不到，摸不着
对于我来说
你的存在
无非只是把我的名字
储存到有记忆的图形中
千百次地回放
同一幅图像
也只是相同的影子

和一颗空白的心
我想
也许只能在人类生活的景象中
抛弃你所谓的权利和宣言
才能真正地远离你
重新回归宁静和安闲

2018. 1. 7

她

她，不太能分辨真心与假意
虽然人类图一遍遍告诉她
她是一个可以预知未来的显示者
无须等待回应
可以无中生有
登高一呼
便万众欢腾
但是
她却仅能勉强弄清楚
他不是她

她，仅能用眼睛看世界
她，仅能用耳朵听声音
完全不知道理想与现实有多远
所以有时候
她，很容易溺于一碗水的高度
居然还满脑子的快乐和感激
她，可以让大自然的花草树木
在空虚里发出笑声
她，可以抱着摇晃的世界
在谎言里安然入睡
噢，太阳

世界多么美好
再一次把她灼烧

2018. 1. 22

冬的尽头

在冬的尽头
喧闹皆无
只有树的枝杈在晃动
叶子在卷曲，打了褶皱
迎面寒冷的风
吹刮着大街小巷
头顶上
连一丝微弱的阳光
也见不到
地面上摇曳着凋零的万物

当知觉
被埋在这个冰冷的冬天
寒凉
便从每一个缝隙向外蔓延
也就是走到了冬的尽头
早春
正从并不遥远的地方升起
太阳的光芒
透过树叶闪闪烁烁
制造着属于我们的温暖
无人能走的小径，一片清浅

无光可寻的暗夜，一汪银湖
请听我把话说完
只要我们真实地活着
甚至
还爱着这个冰冷的世界
很快
就能走进新世界的春天

2018. 1. 31

辑八　灵魂　就这样

谜

曾经宽阔的河床
不知何时，不知何故
被能工巧匠们裁去了一大截
对岸的一座座高大建筑物
谜一样地拔地而起
隔了窄窄的河床
便可听到机械的轰鸣
曾经安静的水面
不知何时，不知何故
停泊了十几艘巨大的船只
船上有男人，女人和狗
还有码放整齐的柴垛
和看不懂的圣像

我从太阳高悬
一直走到船上的灯火亮了
很想知道船上
是什么人掌灯，点亮灯火
是否也有一炉红红的火
和一锅热气香甜的腊八粥
船上除了偶尔的狗吠
很少听到别的声音

只有河水流淌，大地茫茫

也许突然有一天
船只，男人，女人，狗都不见了
奔向谜一样的远方
去而不返
留给我
这个谜一样的冬天

2018. 1. 24

我是一个可以预知未来的显示者

就在今天晚上
人类图告诉我
你是一个可以预知未来的显示者
于是
我把夜风，归还给天空
不再迷失，不再等待

早期的欧式建筑和圣索菲亚大教堂
不再受时间的限制
成群的鸽子自由地飞翔
虔诚的人们跪在那里
不断地祈祷
然后轻拨
我发间的枯草落叶
嗅一嗅天空里
白云聚成的花朵
此刻的记忆
成了一颗永恒的星
在夜风里闪烁

从此
我的心里便长满了喜悦的花草

残酷的时间啊

你的存在

把我喜悦的灵魂

掺杂了那么多的无奈和忧伤

你的消逝

又让我的回忆变得那么美丽

那个时候

白天的人们会用两种笑容对我微笑

黑夜里却只用一种方式向我哭泣

那个时候

虽然不知道

自己是一个可以预知未来的显示者

但就在今天

我决定

把夜风，归还给天空

不在迷失，不再等待

2017. 12. 18

灵魂，如花儿一样静美

姹紫嫣红的花朵
今天，你把我的灵魂
接到你的家里
像对待孩子那样
满满的爱意
你用沾满甘露的双手
为我倒满
一杯杯甘甜的琼浆
来吧，亲爱的孩子
为你拥有
一颗纯善的灵魂
一双清澈的眼睛
干杯～

亲爱的孩子
不要迷失
当你灵魂内在的光芒被唤醒
即使黑夜没有月光
心中也有一片
属于自己的皎洁

亲爱的孩子

让我轻抚一下
如果你能像我一样
尽情地绽放自己的梦想
像鸟儿那样歌唱
像小草那样无争
便一定会找到
你灵魂栖息的家园

噢，亲爱的孩子
你一定要记住
苦乐，是外在的
静美，属于灵魂
让我为你送上
一朵万世的琼花吧
带上它
张开你灵魂的翅膀
自由飞翔

2018. 2. 21

会开花的鱼，金鱼草

泛彩流金的云朵
在空中飘移
春风送来莫名的香气
林径的草叶上
一片红红火火
记不清，多少次从这里走过
却从未像今天这样动情
一簇簇像极了金鱼的花丛
在风中抖动，伸展
仿佛一条条卖萌的小金鱼
在枝头热闹嬉戏
我长久的驻足，百度
探究它和金鱼的前生今世

据说很久以前
一条鱼爱上了一个男孩儿
男孩儿每天都来湖边钓鱼
金鱼就默默地在水下看着男孩儿
突然有一天，男孩儿消失了
再也没有出现
不知过了多久
湖边长出了一棵

像鱼一样的花儿
金鱼草
每天孤独地守望着湖边

凄美的爱情故事，令人动容
忽然记起，鱼对世界的感知
没有长久的记忆，只有七秒
它们常常忘记
岩石的撞击，水草的招摇
可还是快乐地游来游去
难道那条小金鱼
在短暂的七秒内
便记住了该有的善缘
于是，我虔诚地向金鱼草祈祷
如果你们的记忆
真的只有七秒
请记住，花开的美丽
请忘记，凋零的伤痛

亲爱的金鱼草
请你们播报春天的花讯吧
我将一直在这里
倾听你们
单纯地活着
简单地爱着
善待世间万物

2018. 2. 18

水晶灯

农历新年马上到了
岭南的冬天
也失去了往日的温度
窗外
昏暗笼罩的花草树木
守候在楼宇的边缘
低低地摇摆
空空的操场，不见一个人影
冷风穿过窗的缝隙
直抵房间的每一个角落
深深地叹了一口气
树叶沙沙地响起
举目望向天空
一架不小的飞机
在昏黑的天空下
正由南向北飞离
上面，一定装满了归家人的希冀

我夹着风尘
坐在幽暗的房间
瞩望着
心中遥远的地方

蓦然回首

一盏八瓣太阳花的水晶灯

瞬间，点亮我的心海

那是一盏

和故乡一模一样的水晶灯

离开北国的故乡

已近二十年的光景

家中，那盏太阳花水晶灯

它投射出柔和的光影

随着漫游的轻云

一直伴我

度过每一个无星的夜晚

只是从未奢望

会与它在南国相遇

终究隔了

那么久远的年代与时空

也许是因为

我与世上喜欢同一种光明的人

有亲近之交吧

2018. 2. 2

今日的春天

今日的春天
为什么令人如此迷恋
因为今天
我们都是归家的人

今日的春天
消隐了
城市的车水马龙和困顿
把热闹和推杯换盏
留给在家过年的人

今日的春天
隐去了太阳的光芒
伴着爆竹声声
躲进云层深处
可我还是忽略了
雾霾的愁苦

今日的春天
简直就是众花神的春天
五颜六色的花草
嘻嘻地向我微笑

调皮的黄色风铃花
在枝头上唱歌
雪白的芦花上
蝴蝶在欢快地舞蹈

今日的春天
应验了我谜一样的文字
江面寂静
大大小小的船只
早已不见踪影
唯有粼粼的江水
一直流向远方

今日的春天，
为什么令人如此迷恋
因为在开满鲜花的苍穹下
每一个人
都可以敞开心扉
向亲人朋友
袒露过往的珍藏
让沐浴爱的心灵
与岁月同唱
一首永恒的歌
没有曲终

2018. 2. 17

当我老了……

今日
有幸见到年近百岁的您
并得到了
您红色祝福的签章
您深邃的眼睛
将我的心弦弹奏出悲与喜的节拍
您红润慈祥的面庞
把蓝天都涂上了轻灵的红韵
青春与衰老
遗忘与琐碎，生命与感动
在这里被您唤醒
您之中
将会有
我的自我影像

我站在暮年
与现在的你们耳语
请不要把我藏在阴影里
尽管幕后的座席
是用神秘的梦幻曲线编织而成
但我仍会弃而不用
不奢求

你们把我当回事儿
更不愿意
你们把我布置成盛大的场景
布满苍穹
我的房间不需要有多大
只要每天醒来
能看到明媚的阳光
每一个角落会有鲜花和绿草
对我微笑，足以
我一个人摆开简单的餐食
回忆一段幸福的时光
朦胧中再现青春的幻影
如此安好

如果我哪也去不了
就慢悠悠地
提上一篮子鲜花和绿草
坐在家门口的马路边上晒太阳
陌生的路人
问我干什么
我就垂下眼睛
什么也不答
只希望路人
一个接一个，一枝又一枝
拿走我篮子里所有的花草
和我度过仁慈的暮色时光

真的，我怎能告诉路人
我在等谁
谁又答应过，会来
我怎能说
我老得哪儿也去不了
我要把这老去的尊严
搂紧在我的心底
把它投入无尽的圆满之中
让我的灵魂在宇宙的完整里
去感受一次
逝去的美丽

2018. 3. 1

就这样

就这样
静静地听
凝神倾听
淙淙泉水的源头

就这样
深深地嗅
嗅出
异国黑面包的醇香

就这样
记不清有多久
没有打开记忆的远方
那一首首流淌的蔚蓝
有我追随流年的足音

就这样
选择在冬天离开
也许是
最完美的结局
且永无归期

2017. 6. 15

终结

辗转反侧，
夏夜纠结城市原始的风。
难道，
星星熄灭了人间烟火，
蒙蔽了人们的双眼？
以至于，
夏夜躲进深坑，
埋葬了风～～～终结！
无论如何，
还是要为夏夜干杯，
因为天亮了！

2017. 7. 21

后记

写诗，只为纪念我的岁月之歌

我会寄给你
一本写满有关我的诗集
展开我的想象
所有作品中的女主人公都是我
我塑造了
该有的、不该有的形象
为了写好这本诗集
我删除了许多
从我笔端流出的虚伪和挣扎
留了一些
稚嫩的真实与平和

如果
让我穷尽一生保持沉默
才算完成生命隽永的真实
那么
我将惊讶于
我的异想天开
因为
我简单的文字分文不值

可我仍然向往
把它以诗的名义送给你
倾吐
我对你的一片真心
如果
它被你冷落在身后
称不出任何重量
我仍会撷取午夜的繁星
移植那些
黑夜里的诗歌
到美丽的大自然中去
让它的枝条
伸向无拘无束的远方
继续构建
无需璀璨灯光的舞台
以纪念岁月之歌
赋予我永恒的内涵

2018. 4. 4 玫瑰园

图书在版编目（ＣＩＰ）数据

我不再责怪那个秋天 / 蝶语红莲著.-- 武汉：长
江文艺出版社，2018.11
　ISBN 978-7-5354-9778-9

　Ⅰ．①我… Ⅱ．①蝶… Ⅲ．①诗集－中国—当代
Ⅳ．①I227

　中国版本图书馆 CIP 数据核字(2018)第 138205 号

责任编辑：谈　骁　胡　璇　　　　责任校对：陈　琪
封面设计：江逸思　　　　　　　　　责任印制：邱　莉　　王光兴

长江出版传媒　　长江文艺出版社
出版：
地址：武汉市雄楚大街 268 号　　　　邮编：430070
发行：长江文艺出版社
电话：027—87679360
http://www.cjlap.com
印刷：武汉市福成启铭彩色包装印刷有限公司

开本：880 毫米×1230 毫米　　　1/32　　印张：9.125　　插页：2 页
版次：2018 年 11 月第 1 版　　　2018 年 11 月第 1 次印刷
行数：6716 行

定价：36.00 元